Home *is where the heart is.*

生活·讀書·新知 三联书店

Home Chinese Home 2

梦·想家

回家真好之二

修订版

欧阳应霁 著

Simplified Chinese Copyright © 2018 by SDX Joint Publishing Company.
All Rights Reserved.

本作品简体中文版权由生活·读书·新知三联书店所有。
未经许可,不得翻印。

图书在版编目(CIP)数据

梦·想家:回家真好之二/欧阳应霁著.—2版(修订版).—北京:生活·读书·新知三联书店,2018.7
(Home 书系)
ISBN 978-7-108-06134-8

Ⅰ.①梦… Ⅱ.①欧… Ⅲ.①随笔-作品集-中国-当代 Ⅳ.① I267.1

中国版本图书馆 CIP 数据核字(2018)第 011905 号

责任编辑	郑 勇 唐明星
装帧设计	欧阳应霁 康 健
责任印制	宋 家
出版发行	生活·讀書·新知 三联书店
	(北京市东城区美术馆东街 22 号 100010)
网 址	www.sdxjpc.com
图 字	01-2018-3034
经 销	新华书店
印 刷	北京图文天地制版印刷有限公司
版 次	2005 年 12 月北京第 1 版
	2018 年 7 月北京第 2 版
	2018 年 7 月北京第 6 次印刷
开 本	720 毫米 × 1000 毫米 1/16 印张 10.25
字 数	94 千字 图 440 幅
印 数	35,001-44,000 册
定 价	49.00 元

(印装查询:01064002715;邮购查询:01084010542)

修订版总序 好奇再出发

他和她和他,从老远跑过来,笑着跟我腼腆地说:欧阳老师,我们是看你写的书长大的。

这究竟是怎么回事?一个不太愿意长大,也大概只能长大成这样的我,忽然落得个"儿孙满堂"的下场——年龄是个事实,我当然不介意,顺势做个鬼脸回应。

一不小心,跌跌撞撞走到现在,很少刻意回头看。人在行走,既不喜欢打着怀旧的旗号招摇,对恃老卖老的行为更是深感厌恶。世界这么大,未来未知这么多,人还是这么幼稚,有趣好玩多的是,急不可待向前看——

只不过,偶尔累了停停步,才惊觉当年的我胆大心细脸皮厚,意气风发,连续十年八载一口气把在各地奔走记录下来的种种日常生活实践内容,图文并茂地整理编排出版,有幸成为好些小朋友成长期间的参考读本,启发了大家一些想法,刺激影响了一些决定。

最没有资格也最怕成为导师的我,当年并没有计划和野心要完成些什么,只是凭着一种要把好东西跟好朋友分享的冲动——

先是青春浪游纪实《寻常放荡》,再来是现代家居生活实践笔记《两个人住》,记录华人家居空间设计创作和日常生活体验的《回家真好》和《梦·想家》,也有观察分析论述当代设计潮流的《设计私生活》和

《放大意大利》，及至入厨动手，在烹调过程中悟出生活味道的《半饱》《快煮慢食》《天真本色》，历时两年调研搜集家乡本地真味的《香港味道1》《香港味道2》，以及远近来回不同国家城市走访新朋旧友逛菜市、下厨房的《天生是饭人》……

一路走来，坏的瞬间忘掉，好的安然留下，生活中充满惊喜体验。或独自彳亍，或同行相伴，无所谓劳累，实在乐此不疲。

小朋友问，老师当年为什么会一路构思这一个又一个的生活写作（life style writing）出版项目？我怔住想了一下，其实，作为创作人，这不就是生活本身吗？

我相信旅行，同时恋家；我嘴馋贪食，同时紧张健康体态；我好高骛远，但也能草根接地气；我淡定温存，同时也狂躁暴烈——

跨过一道门，推开一扇窗，现实中的一件事连接起、引发出梦想中的一件事，点点连线成面——我们自认对生活有热爱有追求，对细节要通晓要讲究，一厢情愿地以为明天应该会更好的同时，终于发觉理想的明天不一定会来，所以大家都只好退一步活在当下，且匆匆忙忙喝一碗流行热卖的烫嘴的鸡汤，然后又发觉这真不是你我想要的那一杯茶——生活充满矛盾，现实不尽如人意，原来都得在把这当作一回事与不把这当作一回事的边沿上把持拿捏，或者放手。

小朋友再问，那究竟什么是生活写作？我想，这再说下去有点像职业辅导了。但说真的，在计较怎样写、写什么之前，倒真的要问一下自己，一直以来究竟有没有好好过生活？过的是理想的生活还是虚假的生活？

人生享乐，看来理所当然，但为了这享乐要付出的代价和责任，倒没有多少人乐意承担。贪新忘旧，勉强也能理解，但其实面前新的旧的加起来哪怕再乘以十，论质论量都很一般，更叫人难过的是原来处身之地的选择越来越单调贫乏。眼见处处闹哄，人人浮躁，事事投机，大环境如此不济，哪来交流冲击、兼收并蓄？何来可持续的创意育成？理想的生活原来也就是虚假的生活。

作为写作人，因为要与时并进，无论自称内容供应者也好，关键意见领袖（KOL）或者网红大V也好，因为种种众所周知的原因，在记录铺排写作编辑的过程中，描龙绘凤，加盐加醋，事实已经不是事实，骗了人已经可耻，骗了自己更加可悲。

所以思前想后，在并没有更好的应对方法之前，生活得继续——写作这回事，还是得先歇歇。

一别几年，其间主动换了一些创作表达呈现的形式和方法，目的是有朝一日可以再出发的话，能够有一些新的观点、角度和工作技巧。纪录片《原味》五辑，在任长箴老师的亲力策划和执导下，拍摄团队用视频记录了北京郊区好几种食材的原生态生长环境现状，在优酷土豆视频网站播放。《成都厨房》十段，与年轻摄制团队和音乐人合作，用放飞的调性和节奏写下我对成都和厨房的观感，在二〇一六年威尼斯建筑双年展现场首播。《年味有 Fun》是一连十集于春节期间在腾讯视频播放的综艺真人秀，与演艺圈朋友回到各自家乡探亲，寻年味话家常。还有与唯品生活电商平台合作的《不时不食》节令食谱视频，短小精悍，每周两次播放。而音频节目《半饱真好》亦每周两回通过荔枝 FM 频道在电波中跟大家来往，仿佛是我当年大学毕业后进入广播电台长达十年工作生活的一次隔代延伸。

音频节目和视频纪录片以外，在北京星空间画廊设立"半饱厨房"，先后筹划"春分"煎饼馃子宴、"密林"私宴、"我混酱"周年宴，还有在南京四方美术馆开幕的"南京小吃宴"，银川当代美术馆的"蓝色西北宴"，北京长城脚下公社竹屋的"古今热·自然凉"小暑纳凉宴。

同时，我在香港 PMQ 元创方筹建营运有"味道图书馆"（Taste Library），把多年私藏的数千册饮食文化书刊向大众公开，结合专业厨房中各种饮食相关内容的集体交流分享活动，多年梦想终于实现。

几年来未敢怠惰，种种跨界实践尝试，于我来说其实都是写作的延伸，只希望为大家提供更多元更直接的饮食文化"阅读"体验。

如是边做边学，无论是跟创意园区、文化机构还是商业单位合作，都有对体验内容和创作形式的各种讨论、争辩、协调，比一己放肆的写作模式来得复杂，也更加踏实。

因此，也更能看清所谓"新媒体""自媒体"，得看你对本来就存在的内容有没有新的理解和演绎，有没有自主自在的观点与角度。所谓莫忘"初心"，也得看你本初是否天真，用的是什么心。至于都被大家说滥了的"匠心"和"匠人精神"，如果发觉自己根本就不是也不想做一个匠人，又或者这个社会根本就成就不了匠人匠心，那瞎谈什么精神？！尽眼望去，生活中太多假象，大家又喜好包装，到最后连自己需要什么不需要什么，喜欢什么不喜欢什么都不太清楚，这又该是谁的责任？！

跟合作多年的老东家三联书店的并不老的副总编谈起在这里从二〇〇三年开始陆续出版的一连十多本"Home"系列丛书，觉得是时候该做修订、再版发行了。

作为著作者，我很清楚地知道自己在此刻根本没可能写出当年的这好些文章，得直面自己一路以来的进退变化，但同时也对新旧读者会在此时如何看待这一系列作品颇感兴趣。在对"阅读"的形式和方法有更多层次的理解和演绎,对"写作"有更多的技术要求和发挥可能性的今天,"古老"的纸本形式出版物是否可以因为在不同场景中完成阅读,而带来新的感官体验?这个体验又是否可以进一步成为更丰富多元的创作本身?这是既是作者又是读者的我的一个天大的好奇。

作为天生射手,自知这辈子根本没有真正可以停下来的一天。我将带着好奇再出发,怀抱悲观的积极上路——重新启动的"写作"计划应该不再是一种个人思路纠缠和自我感觉满足,现实的不堪刺激起奋然格斗的心力,拳来脚往其实是真正的交流沟通。

应霁

二〇一八年四月

序 忆记与遗忘

许多许多年前，中风卧床前夕已经有善忘乱想症状的祖父，在居住的徙置区附近迷了路，继祖母和年幼的姑姑、叔叔回家时发觉祖父已经失去影踪，入夜后依然未回家。心急如焚的伯父和父亲马上报了警，又四处奔走，在一众亲戚朋友处留言打听，生怕老人家独自乱走会出意外。结果在事发三十多个小时后，已经疲惫不堪的母亲在祖父家附近的山坡马路上发现了还在游荡的他，七十多岁的老人穿着睡衣，口干唇裂，喃喃自语。母亲赶忙趋前把他搀扶回家，一家人才如释重负——不久后祖父中风、离家、住院、回家，反反复复，直至临终前有长达十年的卧床日子。

当年才七八岁的我，对这一桩家事倒是印象异常深刻。离家，迷路，失忆，是危险还是冒险？一时还说不上来。一年才见祖父几次的我，对祖父当年的家，那最原始简陋的徙置区的建筑格式和卫生设备实在很是厌恶：不到二十平方米的空间，要自行间隔小房间，厨房在半露天的公共走廊间，上厕所要跑到老远的永远臭气熏天的角落里——

这是祖父的家，这是不是我的老家？祖父为什么住在这里？我又是如何随着父亲的成家而另外立室？兜转纠缠，大抵也不是当年的我有兴趣而且可以理解的。

差不多在同一时间，我第一次回乡，那是典型的中国南方农村的建筑风貌。现存的记忆中只有那又高又大又深的木板床，那没有电灯的黑漆半夜，以及那叫人陌生好奇的灶头，那一盘刚从地里收割的下镬清炒的香甜的高丽菜和用母鸡刚下的蛋煎的荷包蛋——然后大人们在话家常，拿出族谱我才知道家里祖籍是遥远的山东渤海郡，又是一个他方的事实与想象。

每个人，每个家，无论是战乱时世还是太平日子，都一直在迁移、转变、兴灭，从那里到这里，我们记得的会是房子的大小、结构、格局？会是墙壁的颜色、地板的材质？还是种种拼凑的家具和器物？噢，还有人，还有一起居住的亲人、友人。过程中的折损与添置，主动也好被动也好，时日过去，在弄不清是在退步还是进步之际，我们很努力地忆记，同时也很努力地遗忘，我们其实还是很自私地为自己的现在找一点可以安心的真实。因此，你现在身处的家是最真实也最有意义的——在遗忘之前，请用心做一点记录的动作，感性理性随便交叠，方便忆记。

应霁
二〇〇四年十一月

目录

Contents

5　修订版总序　好奇再出发
11　序　忆记与遗忘

台北

16　心之所安　　　　　　台北·安郁茜
40　硬汉本色　　　　　　台北·萧一
64　空中胶囊　　　　　　台北·红胶囊
88　房间自己　　　　　　台北·曾淑美
112　山色远近　　　　　　台北·庄普
136　恋恋山居　　　　　　台北·王晶文

北京·南京·上海

24　拆建来回　　　　　　北京·艾未未
48　漫笔生活　　　　　　南京·顾宝新
72　换了天地　　　　　　上海·王江/Jasmine
96　边缘走向　　　　　　南京·朱朱/王静
120　风月清明　　　　　　上海·郑在东
144　宏观细看　　　　　　北京·李天元

香港

32	幸福站台	香港·吕文聪
56	你好我好	香港·杨志超
80	橘色行动	香港·郭启华
104	我家有猫	香港·朱伟升
128	全职生活	香港·纪晓华
152	花草自在	香港·蔡珠儿
160	后记	

心之所安

"安老师好!"

每次碰上安郁茜,都愿意像她的学生一样,跟她亲密无间地请安问好。说不定,我比她那些早就混熟得长幼不分的像哥们儿一样一起哭笑吵闹的学生们还要尊师重道。也许自幼就不断有幸福得如眼前一般美好的亦师亦友的课内课外经验,太了解一个真正的好老师对学生的成长甚至一生有多大的影响,也因为如此,自觉不够有胆色不够好,我就不敢像安一样当老师。

开放式厨房同时是生活实验室，是欢乐大舞台

手工未来

跟安的最初几次见面，其实也是跟她的台北实践大学的学生们在一起的。有一回在她利落分明与温柔细致并存的旧居，她正在和一群毕了业的同学召开一个"松散联盟"会议。一群同学念的都是建筑设计、平面设计，多年在安的羽翼庇护下，被培养训练出一种大胆放肆的自觉自信。用安的话来说，他们是被"骂"、被"训"大的。真正的教育不是一种职业训练，应该是培养一种独立思考和执行的能力，建筑教育更是一种修养的育成，应该学会的是怎样做人。同学们一再反思目前计算机辅助设计的可能和限制，愈觉得必须在当中求一种平衡，重新强调人工手感的重要，所以这个联盟中有擅长做木工的、金工的，用塑料的、用布料的，都是用自己的手以及脑，去开发出一种跟原材料的、跟设计制成品的关系。这个不定期的碰面交手，分享自己在创作路上的思考制作经验，从亲密的有体温的手工中看到设计的未来。那一晚，包括那一整桌的咸甜酸辣的零食，是多么叫人雀跃兴奋的分享。之后，就听到安老师跟她那个不合理地加租一倍半的房东吵架的消息，也知道安做了要搬家的决定——我们这群好吃贪玩的，当然已经在准备新居入住时怎么通宵达旦地吃喝玩乐。

超越建筑

第一回到安的新居做客，我是在一个之前不小心跌倒碰伤了肋骨以致行动不便不能多言乱笑的状态下。因

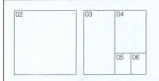

02 只要有梦想，只要肯实践，再破再烂的房子都可以变成空中花园
03 连接厨房朝向花园的一个明亮通爽的角落，来自五湖四海的拼凑起来的桌椅四周经常拥挤着友好的大朋友小朋友
04 一声"安老师好"，是平日用心用力辛劳得到的最好回报
05 经过生活验证生活，材料和调子的协调选择不是一种偶然
06 家里的另一位主角，猫咪妹妹当然要优雅地来亮个相

此，爬了五六层楼梯进了屋，我像终于靠了岸，可以躺一下；然而，我没有，我在乖乖地贪婪用力地看。

熟悉的清水混凝土地，分别刷成灰和白的墙，深棕色的门窗框架，木头地板和储物间格，五湖四海捡来的家具相互调和出一种生态，加上一室流动的阳光和空气，一如我所认识的安老师——平易、亲和，预留很多可能空间，放得下很多的幽默笑声和严肃认真的话题。

房子分上下两层，下层有可推门出去的种树种花的院子，阳光进来洒落餐桌；再走进去就是开放式的梦幻厨房，最爱欢宴大小宾客的安当然视此为家里最能热闹互动的场所。据说亲如兄弟姐妹的学生们甚至有这家里的钥匙，各自有专属的杯子和牙刷，室内室外促膝夜谈天南地北，倦了躺下就睡。下层算是一个"公共"空间，楼上才是安的私家居。

走上楼，临窗几组沙发是一个可以窝着聊天和发呆的地方；工作间随意舒适，一切都在可碰可取范围；卧室干净利落得厉害。安笑说她的女性温柔都被多年的建筑训练给磨没了。从早年修业中原大学建筑系到远赴美国费城进修和工作，一路的理性和严谨，从加法到减法，及至终于肯定了自己追求的不是那种徒具形式的简约——人不可能没牵挂，现实中就根本要跟很多东西联系在一起。即使早在高中时期就被不知是川端康成还是芥川龙之介小说里的一个画面震撼过：山中小木屋开门进去只有一张床、一

张桌以及墙上的一根钉,这就是生活的全部需要,这也是某一种参考对照。碰碰跌跌,然后收拾心情,走到这一回合,已经不是要追求一种什么建筑设计风格,最好的风格就是跟你个人的喜好和性格最能配合、最能发挥的一种呈现。

如何好好处理内内外外两层楼,根本就不只是一个建筑设计的问题。

安于慵懒

安老师其实很忙,当年在一般教务以外还身兼建筑设计系主任,后为设计学院院长,在外越是忙,在家里就更得慢下来。慢下来真正地生活——开放厨房是首选必要的,一个既满足私人享受又可以请客娱乐大家的地方。

有光线充足和通风流畅的卫浴室也是一种放纵,慢慢地梳洗、刷牙,竟然可叫人顿悟活在当下的道理。

整理得细致妥帖的自成一室的衣橱,把外婆的旧大衣、高中时代的衣裙以及现在的便服一一陈列,随时应

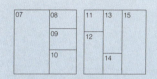

07 二楼临窗，窝在沙发里天南地北地聊，一种简洁的丰富
08 主人卧室线条出落，分明是一篇理想空间宣言
09 主人卧室的卫浴私人空间，温柔不必含蓄
10 窄长的工作间舒适、开放，一切有条不紊，眉目清楚
11 五层楼一口气拾级而上，进门后可真需要坐下来歇一会儿
12 争取机会与自然靠近，对于栽培这一回事，其实安老师最有心得
13 栽培出花一般的成绩，肯定是一种愉悦
14 争取一个最简单的空间，今时今日忽地变成奢侈
15 捡来的老椅子融进这个开放的环境中，延续生命故事

用，这是女性细腻温柔特质的一次再出发。

至于工作间，安把这个可以自困其中不眠不休的地方故意放在上下层必经的动线上，好让间或有人有事可以"打扰"一下，以免因为工作时精神太集中而忙坏累坏。

还有那最叫朋友们啧啧称奇的空中花园，那一地的紫茎芋，绿得壮硕惊人，简直就是一个闹市中的奇迹——

尽管现在家里这种种空间状态的维持和保养比过去要麻烦要耗时，但这都是在安老师的计划盘算中的。因此，本来十五分钟就可以梳洗完毕出门的超速，拖拉放缓至一个小时，平日在家里看树看花喝茶喝水的时间也不知不觉地多了久了，那些藏在左脑右脑某个奇怪角落的或感性或理性的浮想随时涌现——

某个程度的慵懒，原来也是一种跟自家身体的互动，是一种叫人安心的治疗。

室内温度感觉有热有冷,
一墙清水混凝土的卫浴间,
酷得慵懒

空中花园

我们享受住在市区的种种方便,但也常常埋怨被迫跟邻居们的空间距离太近,心不甘情不愿地从视觉到听觉到味觉地走进人家的生活。

如何在一种既定的都市空间环境里,创造出另一种有趣生态,不只追求视觉上的新鲜,还得与生活互动配合。

如果你也有一个阳台或者一层顶楼,不要浪费了催生一个花园的机会。安在这里做了一个极好的榜样,这不是一个虚缈的空中楼阁,这里的花草树木以及人,都是活的。

17 闹市中的空中花园
18 天外飞来绿叶,好遮荫好舒心
19 减法是一种学问,运算中放出一种迷人能量

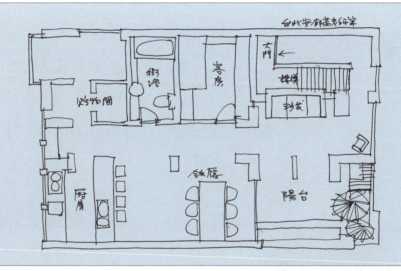

娃娃天下

身边无论男孩女孩,我是指满三十岁或以上的,都还是这么地爱布娃娃、毛绒娃娃。故意让细胞里保留那么一点不愿长大的儿童的DNA,该是很值得鼓励的。

当很多人都只能在坊间寻找一个自己可以默许相互托付的娃娃,安却幸福地收到学生送过来的手工缝制的娃娃,而且都是学生眼中的安老师!这些珍贵的唯一的创作设计远超师生感情的纪念见证,在旁边哇哇大叫的我们只能嫉妒。

20 真的有八分像,手工缝制老师娃娃,还有随身配件购物袋,方便疯狂购物
21 据说这是一只狮子,据说这就是安老师
22 生活中的神奇小玩意儿、小道具,飞越想象的束缚

拆建来回

　　有一回路过北京,拨了一通电话跟艾未未打个招呼,电话那端传来他一贯沉稳的轻轻一句:"你回来了?"

　　简单不过的一句,竟然在我这端巨大地轰了一下。呵,回来了,出去了,离家了,返归了,可以是轻描淡写,也绝对敏感刺激。如果认定了一辈子都是游子(甚至是流民),该怎么来面对这一个或者多个叫作家的地方?家,究竟是什么?

用上最朴素原始的建筑材料，从天花板到墙壁到地板，以至桌椅，浑然一体，构成这个震撼的空间

流动当下

当代中国人,分明已经又开始了某种频繁的移动和流徙,为公为私,南来北往,是每秒每分每天在发生的事。当我回来,当我离去,家在台北、香港、北京、上海……原来打算为自己找一个定位的,忽然发觉处处都有机遇,家在浮在移,人心在动,一句"回来了"叫我思绪起伏,回到的是从前,是当下,还是未来?

艾未未可能会笑我,也许不会。当我翻开好几年前跟他刚认识不久的那个冬日下午,到他家串门聊天时随手记下的笔记,片言只语,既轻又重,乍看像禅师公案,仔细端详都是做人处世的大原则大态度。我努力地一边说话一边动手把对答都记下来,在这幢空荡荡的"著名"的房子里,每说一句话都可以占一个空间、有一个位置,然后艾未未会建议,无论有多重要,把这都忘了吧。

我笨,又太自信自己认路的能力,结果每次到艾未未的家都迷路,都得打好几通电话麻烦他才能确定正确方位,可见回去也不是一件容易的事。加上未进门先闻狗吠,院子里草地的一端也冷冷地挂上"FUCK"四个大字母,最坏最好,最沮丧最高潮,不过如此。然后屋主人穿一身黑,开门,"请进请进"。

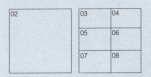

02 腾出足够的空间,让日光在室内自在游走
03 居住,创作,展示……艾未未对生活的诠释就如这幢建筑一样简单直接又充满奇幻细节
04 不怎么了解武侠世界的也知道这会儿遇上了真正的"帮主"
05 进门后拐过来,一端通往作品展览陈列厅,另一端沿楼梯再继续探索
06 空间越宽阔,大小物件的安放就越成为宣言式的定位
07 最叫人谈论的全然开放的厕所,善于运用减法的一个幽默决定
08 另一个开放的工作间,从窗洞往下看有大型作品陈列

破立途中

这之前跟他在一个热闹的酒吧里初见面,众声喧哗中我们竟然很安静地谈了很久,他仔细地翻阅着我的文字和漫画创作,公共空间原来也可以在某种状态下变得很私人。之后有过几次聚会,再之后就是在大大小小平面和电子媒体上看到他,彩色、黑白、中文、英语——有在时尚生活杂志谈以设计颠覆设计的可能性;有在798仓库空间里媒体面前解说他的以自行车连接堆叠的叫作《永久自行车》的装置作品;有在龙门石窟和云冈石窟面前痛心文化遗产的消逝,"失去设想自己的一个依据";也有在一群花一样的大学生面前谈早年纽约留学生活给日后创作所带来的丰富养分……媒体同行也很用心很努力地把这位大家又敬又畏的艺术家和策展人尽量"请"回家里,甚至尝试说服艾未未的妻子路青也一同出现在镜头下(这当然有违路青的习惯,也当然不得要领)。大家可能都觉得,一般读者可能弄不清艾未未在干什么,回到家里至少有一个出发点。只是忽然又发觉,这个想当然的出发点其实指向很多不同的方向,有目标的没企图的,看得懂的就明白,不然还是会糊涂。

艾未未倒是一点也不糊涂,他太清楚自己需要做什么,应该做什么,能够做什么,只是他也很聪明地不会强迫自己一定一定要怎样怎样。他笑说他

是一个有信仰的怀疑论者，好奇未知，天生反叛，生活的快感来自"拆"——拆掉他自己作为中国著名诗人艾青的儿子这个一般人会大肆渲染的光环，拆掉他早年在北京电影学院就读，参加一九七九年轰动中外的北京星星画展，以及远赴纽约十多年丰富生活的种种成就和荣耀，拆掉一切坊间认为神圣不可侵犯的规矩和标准。在"拆"的同时也在"建"——他主编出版的几本中国前卫艺术刊物叫《黑皮书》《白皮书》和《灰皮书》；他策划的中国当代艺术创作展叫"不合作方式——FUCK OFF"；他筹划的中国艺术文件库是一个仓库一样的厉害空间；他叫人目瞪口呆的艺术创作都像在完成与未完成之间，动与静、破与立的途中——

无知意义

就像面前这偌大的叫作家的空间，也是一个介乎展览厅、工作室、仓库、起居处之间的模糊地带。艾未未乐于做一个"混混"，在混沌之中表彰无知的意义，对于煞有介事、充满偏见和自恋的设计家、建筑师不屑一顾，所以我们在这家里并不会找到什么中外经典设计大师的家用产品。清水混凝土地板和楼梯，赤裸裸的砖墙，刷灰刷白的墙面，铺上白色方块

09　天然的人工的室内光，呼应对照
10、11　不加修饰的楼梯，水管扭成的扶手，白天花板灰墙水泥地，随意而就，相信直觉
12　功能齐全的厨房，方格砖墙成了方寸比例尺度
13　卧室一角，靠窗有顶天立地的衣橱，稳实安然
14　曾经策展的一个艺术展叫"不合作方式——FUCK OFF"，院子里墙上的四个大字母是现在的公司名称——是宣言、是态度
15　一双母亲买给他的鞋，买小了不合脚，切了后跟就缝制在一起，成了墙上的作品
16　酷爱明式老家具，像玩超合金机械人一样把桌把椅拆开来重组，是典型的艾未未风格
17　容得下激烈的辩论，更多的是细致的梳理，一进门这一桌会议格局，创作生活进行式

马赛克的卫浴间。家具的话，除了几把稳稳重重的明式椅子和一些线条简洁的几桌，连沙发的影子也看不见。当潮流一众趋之若鹜地标榜什么简约什么仓库生活的当儿，这家主人已经在不断的拆与建的过程中，在一般范围以外寻找更大的刺激。蛋破有小鸡，病毒细胞不断分裂也会有一种未知的巨大的美感。把日常生活故意哲学起来也不好玩，与神擦身而过的机会其实非常少，一般人看见野花野草就有快感了，刻意要求知性与物性结合也很累，既然大多注定是悲剧，那么就得懂得活着就是乐——这都是艾未未说的，我在笔记本里记下来的，我重看再重看，还是为之神荡目眩的。

我幸运，在这个空间里闲荡的时候有阳光不吝啬地洒落一地，我在室内某处一本书里又抄到了以下两句：

"那些在今天的意识形态斗争中有着坚定立场和鲜明态度的同志，那些不畏强权、不事媚俗的同志，是明天新文化的希望。"（《革命文化在历史特殊阶段的任务》，毛泽东，1942）

"这仅仅是我个人的游戏，如此而已。"（杜尚，1917）

无论俯视仰视,有空间就有作品

门窗分寸

在一般人空间有限的小房小屋里,我们常常会忽略窗和门的长相,亦无法控制门窗和房间的比例关系,顶多注意的是采光效果如何,是否方便开关之类。

在这说不清多大面积的偌大的室内,我一再注视那庞大的窗和门的宽度、厚度,也实在是因为够高够大,有一种舞台的戏剧的震撼效果,仿佛我们在这里都得准备有"大于生活"的动作和表现。

艾未未自一九九四年归国以来,在小众和大众面前,以概念艺术家、前卫艺术书刊编辑者和策展人、景观设计师和建筑师的身份出现,言行举止都足够有力度、有气派,叫人另眼相看。我总觉得,这该与他亲自设计的、分寸拿捏正好的门和窗很有关系,如何进进出出,该有多亮多暗,他最清楚。

19　看出去,一扇窗既是功能又是象征
20　走进来,一道门开开合合有期待

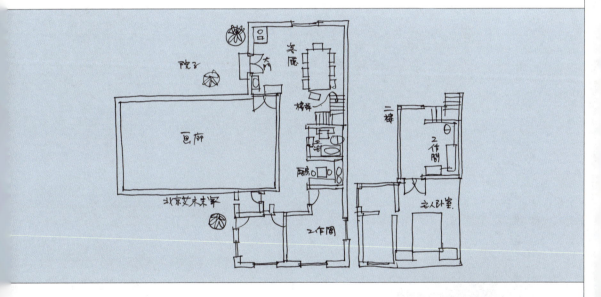

细节生活

单看艾未未的外形长相,高头大马加上那一大把胡子,你会想到用粗犷两字来形容他。但实际上,跟他面对面,言谈出奇地平静温柔,就如在这看来不事修饰的室内大环境中,处处可见那精心刻意安排的生活细节——而且这生活,有一个时间和空间的跨度,最古典和最前卫、最直率和最刁钻、最实在和最概念和平共处。因为承传得法,反见处处创新。古今中外精彩汇集,他口中的无聊而已就变成了当下生活的意义。

21　重重漆油剥落磨掉后现出质朴底子,原始的美得到彰显
22　粗犷大度中见温柔细节
23　收集古物的意义不在投资保值,在于一种传承、一番启迪

幸福站台

什么是速度?

问吕文聪,他应该最清楚。

香港人引以为傲的赤鱲角国际机场,机场连接市区的铁路快线的站台,来来往往,那种明亮轻快叫人由衷愉悦。吕文聪和他的一群设计伙伴,如果不是对速度这个又快又慢的抽象概念掌握拿捏得恰到好处,可能又只叫我们得到一个紧张兮兮、不知如何是好的站台。

纯白空间里挑一面主墙用上微皱的
银锈色壁纸材料,视觉效果极好

　　在他的建筑设计的创作经历里，还有刚完成的连接九龙和新界地区的西铁车站，地铁将军澳站，甚至更早前任职于诺曼·福斯特（Norman Foster）建筑事务所时参与过的香港汇丰银行总行的建筑设计项目，都是引领着市民大众进入一个崭新的空间经验，感受时代的脉动节拍——速度，就是要懂得快，也要享受慢。

　　当人人开口都嚷着要一往无前，无前？也真够恐怖的。即使是勇往直前吧，也因为太勇，贪快，就把该留意的生活中的种种细节都忽略了。个人鲁莽已经不妙，集体争先恐后更坏事，社会乱作一团，也就是大家迷信速度，快，快，快，无目标，无方向——

　　"这就是我们要回家，要好好坐下来思考的原因吧。"他说。

纯净本源

　　坐在吕文聪位于香港岛中环半山的一百多平方米的新居里，一如他曾经参与设计的每一个创作项目：干净利落，明亮通透，讲究的是质感细节，整体又有呼吸空间。他笑着说不要把

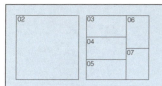

02 自然光，自然的必然选择
03 客厅外望中环半山，天色幻变
04 造型、比例、材质、色调……配合平衡的游戏，玩来着实不简单
05 本就一室明亮，再加上巧妙隐藏配搭的天花板灯和壁灯，使立体造型线条更突出
06 无论家里的装潢布置是华美还是简约，居住其中的人能够融洽协调才是最重要的
07 通透轻盈的玻璃小玩意儿，平衡了钢材、木材的硬度

他归类为简约一派，因为他不会为了一个这样的标签而勉力遵守很多不必要的形式规限，把所爱的一切都洁癖似的藏起来。

他重视的还是实用功能，无论外面的公共空间还是自家的私密家居，家，就得有一个家的舒服的放松的感觉。当外面的一切太复杂太算计，回家就正好是一个平衡。放松当然不是一屋的乱七八糟。他和太太选择的是白。

白的沙发，白的墙壁、白的书架、衣橱、白的床铺、被褥、白的卫浴间、白的厨房……有人因为怕脏怕清理麻烦，都避开白，但这里大胆地拥抱白，也就是一个回归纯净本源的开始，是一种自我考验和要求。就让这些白都在岁月的经过中成熟老去，他说，由高亮白（bright white）变成米白（off-white），更是一种实在的温暖的白。

赴日读书和工作多年，日本生活美学中对于白、对于幽玄空寂的敏感，肯定影响了吕文聪的设计理念。

正如幸福也不应是绝对的满足，就留给生活一点弹性，白不完全白，让其

　　他颜色轻轻渗入，白，其实是彩色的。

　　我跟文聪分享说，印度典籍说白，概括简单：把白分为象牙白、茉莉白、檀香木白、月白、水白。我们多事，加盐加醋，有轻的白重的白、软的白硬的白，白当然也有冷有暖、有厚有薄，新旧生死的白都不大一样。或突出或从容，白有太多选择，出现在眼前，反射折射，都把周围的彩色拉进来吸过去。

　　白在哪里？是坚持穿了二十年的当然每季都换新的白T恤、白衬衫？是那些其实不挂画更好看的画廊艺术馆的白墙？是约翰·帕森（John Pawson）伙同卡尔文·克莱恩（Calvin Klein）的白白简约了的姿态？是Flexform的又宽又大又竟然有轮可移的白沙发？是斯达克（Starck）设计的不知最近脏了没有的the Delano全白酒店？又或者是面前那一叠用来又写又画的万能A4白纸？对于建筑设计创作人如他，A4白纸就是种完美的开始。

　　没有白，怎么显得彩色的丰富热闹有趣，没有彩色，又怎么会珍惜白、懂得白。这里求的是一种和谐融合，

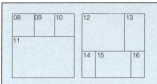

08 白日梦是种奢侈，偷来也好借来也好总得好好享用
09 一室对木纹肌理的迷恋，明显易见
10 进门开阔，一侧通往厨房，正面是饭桌空间
11 通过走廊走进卧室，卫浴室的玻璃间隔通透、利落
12 午后卧室，柔光当中别有一番宁静
13 素淡的环境中来一抹梳妆的亮丽
14 见微知著，客人卫浴也是贯彻一致的设计理念
15 临窗另有一小小工作间
16 工作案头竟然不是惯见的堆叠，创作是全天候的生活乐趣

这需要更大的耐性和技巧，也就是挑战所在。

未来花园

"家中两人相处，不也就是这样的一种学问吗？"——我笑着问。

频频往来于香港、北京、上海的他，也就无论如何都要安好香港这个家，才能灵活地南来北往。对他十分体贴了解的身边伴侣，也把这个共同打造的家居空间，安排处理得妥当舒服，只是阳台花园还有很大的发展"潜力"。吕太太走过来跟我说，当年选择搬到这个地方，也就是因为很希望有一个家居室外的活动空间。谈到花草树木园艺设计，想象清晨或者傍晚在自家私密花园中游荡，又是另一个兴趣盎然的好题目。

我们都希望生活能够有条不紊，都争取在有限的资源里完成一种最满意的居住质量，虽然我们不一定都有设计师、建筑师的专业素养，但最重要的，也就是在这个人来人往的站台上清楚认识、了解自己是从哪里来，该到哪里去。认真生活，本身就是一种幸福。

家居工作室井然有序,谁说创作人在晨昏颠倒之际生活一定混乱?

雕塑空间

小时候上美术课,老师循循善诱,跟我们说如何看雕塑——

从正面看,再从背面看,走过左面走到右面,再看。蹲下来朝上看,找个高处往下再看……不同角度看出不同的形态得出不同的感觉,不同时候、不同的环境光线影响又会不一样,这是平面的作品跟立体的造型艺术之最大分野。逐渐我又触类旁通,观看感受建筑作品,多少也跟看雕塑一样,而且更强调的是"走进"建筑——在那个空间、那个环境中,受周围规划间格的比例、线条、材质、色彩等种种因素影响、感染,喜欢,不喜欢,都必须进入状态,才会有所得有所感。

无论是"太极推手"朱铭还是外国艺术家的抽象造型,都为这个以直线为主的家提供了另一种动能——破格突围是对安逸环境的一种良性冲击,因此,生活才更有趣。

18 浮动的意念瞬间凝固,身为创作人最能体会
19 选择朱铭,选择一种厚重沉实的能量

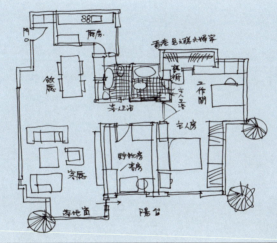

微型建筑

始终还是有点遗憾,当年没有考上建筑系。

尤其这些年来身边一直都有好一批正在念建筑的或者已经是执业建筑师甚至是建筑系讲师和教授的朋友,在旁观察他们的思路逻辑,观察事物的方法和角度,以至日常兴趣、作息习惯,都不由得再轻责自己,为什么当年……

也许做人总得有这样一些未完成的心愿吧,才有冀盼,才有动力。一些未能完成、未有机会实践的,都会千方百计变个形式模拟一下。走进文聪的家,客厅里那一列钢线"吊桥"似的书架,像极某项未来工程的一个比例模型,我没有仔细追根问底,只幻想自己在这空间里身体忽地缩小又缩小,再抬头,面前书本如三四层楼高,那"吊桥"也真够壮观伟大。

20 建筑师出手创意家具,都像给微型站台上盖
21 工作案头,推敲拿捏尺寸比例
22 曲折铜臂地灯,视觉空间的立体切割

硬汉本色

一只毛色灰黑,一只棕白花间。第一次养猫的他用调羹把猫粮从那小小的婴儿食物玻璃瓶拿出来,像喂婴儿一般服侍两只小猫,同时紧张地询问旁边的人,发现了猫蚤该怎么办?那种防蚤项链真的有用吗?一个粗犷大男人忽然像一个天真的男生。奇怪?一点也不奇怪——

他还用他的"大刀阔斧"替这两只小猫刻了两个小木球。小猫来回走动追球、碰球,好快乐。木球是樟木做的,好香。

还未走进萧一的家里,已经被大门的粗犷震慑住。

开天辟地

两次到萧一的家,两次迷了路。

三芝的山上,开车一直一直往上,都闯进阳明山公园了,就是兜兜转转找不到他的家。几通电话之后好不容易找到了,他说我们能找到已经比其他朋友厉害了。

嘿,面前的这幢房子果真厉害,手涂漆上锈红墨黑的整幢建筑,就像从天上掉下来的超重陨石,在这个一片苍绿的深山老林中格外奇异突出。拾级而上走进前院,竖放横卧都是出自萧一之手的木头的、石材的、金属的大型雕塑,每个造型痛快又泼辣。正门旁边墙上有粗铁条焊成的"萧一"两个大字,明明白白地表明:你找对了。

推开那新近补上窝钉的用木料拼贴而成的大门,一阵樟木香气袭人而来。室内一下子有点暗,眼睛调适之后,竟有一见钟情的重量级惊艳——

左面显然就是萧一工作的地方,大大小小各式木材堆叠;大,指的有上吨重的;小,也是双手抱着也只能勉强移动的;当中有香气浓郁的樟木,有早已不能砍伐的桧木、花梨木,有买来的一批漂流木;也有收藏家朋友送来的一段珍贵难得的乌木,抚摸细看,木质果然如金属坚硬,且色黑如墨,十分奇特。一地木屑,一桌工具,每天的功课毫不松懈。

右面是一张十四人的长方大桌,桃花心木,亲手做。

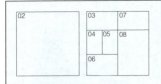

02 拾级而上，钢根铁片焊扭成的栏杆太厉害，当然也不能不停下来细看梯间的木雕
03 山里林间突然飞来一幢结实的红楼，能量十足
04 木头桩座，青石板桌椅，院子的格调和气氛都因此成形
05 碎砖拼贴的露天桌面，自有一种洒脱
06 院子里随处都有可供利用的物料，单放在那里也成装饰艺术
07 粗壮厚实的汉子，谁说不可以温柔细致？
08 阳台攀下来亲手栽种的牵牛花，长得茁壮无比

萧一还记得磨起的木屑飞扬，呛得像吃了一口山葵芥末。粗壮的桌自然配有同样厚实的长板凳，自家闲坐、大伙儿围聚都在这里。桌椅后面的矮柜上置放的是萧一自己的历年雕塑作品，绵延衍展，自成一生态。

传统的一尺二红土地砖，没有刷色的水泥墙壁和天花板，倒是大厅尽头的厨房漆上一个醒目的芥黄。如果不是亲眼见到萧一一个人在小小的厨房里弄出一整桌下酒的饱肚的饭菜，也真的不晓得这个率性随意的汉子原来这么细心好客。"来了八个朋友，谁爱吃什么，我就会让他们吃到什么——"萧一蛮兴奋地说，"做菜请朋友吃，最高兴！"

一楼已经叫人看得兴致勃勃了，迫不及待地上一层楼走。上楼之际发觉身旁一整堵墙都挂满了各式机械工具，不难想象这里经常出现的"重工业"创作营造景象。亲手设计打造的铁栏杆，缠绕如活泼的攀藤。甫一上楼，又是另一番天地，两旁如炕的高台，井然有序地陈列着自家的创作，俨如一个小型展览馆，抽象的、具象的，朴拙的、精雕的，都以表现力强悍的姿态出现。还有那故意未完成的以手铺碎麻石为墙的卫浴室，那意想不到的简洁安静的卧室，都叫人目瞪口呆。

室内流连不舍，阳台风景更妙，切割焊接出的虚实变化多端的铁栏杆，在太阳底下投影出又一种奇特，阳台上花花草草一手打理，牵牛花攀满一墙，至落地。

走回室内，不能不提的是全屋没有一件

现成的现代家具。"就是不喜欢那些合成的大量生产的货色,不喜欢软软的沙发……"萧一平静地说,"榻榻米还可以接受,但还是又硬又凉快的木头手造家具最好,木头始终最有生命力!"

院子里亲手栽种的柑橘和薄荷长得茂盛茁壮,屋旁走道都堆满了好几吨重的石材、钢材、旧木箱框、旧门窗,日晒雨淋,变色生锈生苔,即使未经琢磨打造,也早有感觉。刷了防水漆的红黑外墙看来也像一块画布,一切还在修改添加,一切还在继续。

义无反顾

今年四十七岁的萧一,十七岁从嘉义乡下到屏东拜师学艺,龙凤、花鸟、佛像、神像,什么都要学什么都雕都刻。二十岁那年发觉不能就此一日一日重复又重复地,有个声音告诉他需要走上艺术创作的路。从此三十年一路走来,没有怀疑没有彷徨,把所有心神、时间都花在这不断的琢磨中。

没有科班出身的学院派的美艺理论纠缠,萧一的作品明显地有一种来自民间的生猛率性。当然这也是创作者花了很多心力、刻意从传统手艺训练的免不了的圆融和温柔脱胎出来,重新回归更原始的粗糙朴拙,刻意不加修饰不做过分雕琢,仿佛把面前的材料都还原到太初的状态,然后作者和观众同时发觉,这样的作品原来最有力量、最能感动人。

09 进门后右边就是工作空间，简单直接，马上开工
10 完全开放的空间一目了然，尽头处不小的厨房准备好饭菜，桃花心木大桌上享用
11 二楼搭起的炕，是陈列作品的一个小展场
12 要储点钱才买得起的大师作品，暂时只好在这里贪婪地细看
13 不一样的佛雕，不一样的悟性和领会
14 卧房是意想不到的简洁宁静
15 碎石铺砌的卫浴墙面，巧妙有趣配的一面镜一盏灯，生活中的聪明幽默
16 独自莫凭栏，尤其不能穿抽纱呀绣花的衣服
17 绕到后院，是露天的材料仓库
18 私密空间，肆意、温柔

无论用的是有历史纹理的木材、可以生锈的铁或者是跟地球一样老的石头，萧一都利用这不同材料的特质，反映出同一的欲望——一种活在当下的生之欲望。无论雕塑的是佛像、飙车的少年、乐器、农具、鸡、猫，甚至是那如远方图腾一般用钢铁打造的阳物，都清楚明白、跳脱活泼地告诉大家，生之变幻、生之无常、生之可爱。正如公牛一般健壮的萧一，三十年如一日练就一身创作武功的同时也健了身养了生，毕竟他每天流汗用力，搬移的都非你我轻移易举之物。

萧一现在是一个人住，离开上一段婚姻关系已是十三年前的事。创作人爱自由，最不喜欢受人管，这是最大的理由和借口，也没有什么好后悔的。反正他是一直在做自己真正喜欢的事。自喻为感情零分的他其实很受大家欢迎：首先大家都打心里喜欢他的创作，爱吃他做的菜，爱跟他聊天喝酒。他爱逛的菜市场里的摊贩叔叔、婶婶也乐意跟他打交道，因为他从不杀价、从不计较这个一斤几两多少钱。

无尽的精力无限的可能，饿了就吃累了就睡想到就做，只有一件事是他目前不会做的，那就是搬家。年前搬来这里的时候，载重一点七吨的卡车来回走了十二趟，载重八吨半的走了三十一趟，一个重量级的家好不容易才建立起来，大抵十二级台风也打不掉吹不倒。

阳台上正好有阳光，投影错落又是另一番别致

利其器

最爱跑到人家的案头去看那些暂时静静躺着的工具,是一支笔,一把万能刀,一柄锤,又或者那些武器类像刀像枪的机械,都带着体温甚至沾着汗水,工具用旧了就更跟使用者相关,夸张一点说也就变成身体的一部分,是手手脚脚的延伸。(不至于是大脑吧!)

萧一工作案前的工具都是利器,都是可以把各类坚硬材料雕刻切割以至焊接连合的。善用利器,削铁如泥,期待下回在这里现场经历敲打雕琢的过程。

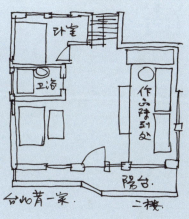

20-22 善其事利其器,工具本身的形体其实也漂亮得可以

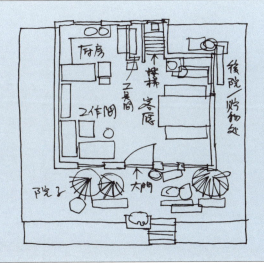

我是猫

如果我是猫,有一个身为雕塑家的主人该很不错吧。不只有这里上下两层连前院后院空间可以到处追赶跑跳,还有主人亲手刻的木头玩具,更重要的是,主人会请我当模特儿,很快我就变成木头的猫、石头的猫以及钢铁的猫。(不会是那种亮闪闪的不锈钢,因为他最爱金属生锈的质感!)一旦成形,我就可以厉害地出现在画廊里、艺术馆里,说不定也会出现在大家日常经过的公共空间里,只是主人率性随意、天马行空,你得花点精神把我的猫样认出来。

23 细心的主人,幸福的猫
24 做猫真好
25 我是一条狗,怎么办?

漫笔生活

在顾宝新家的院子里,我开始认识各种树木。这是竹子这是柿子树这是石榴树,这边和那边共有七棵银杏,这是杏树那是梨树,还有那飘香的桂花,再过去有樱桃有晚樱有蜡梅,还有枣树、桃树、梧桐、芭蕉、五针松和白玉兰……

院子里自家挖了荷塘，盖了温室玻璃房，用心用力接近家居理想

可以想象，这个院子一年四季此起彼落都有花果轮替，自家修建的小池塘里还有荷花、睡莲、慈姑、菖蒲等水生植物，俨如一个常绿的小型植物园。

搬进这个社区还不到四年光景，这些树木看来却有一定的年岁。不出所料，都是主人家亲手移植来的，而且大多是从近年大量拆迁的农村和旧社区里、从推土机旁边给抢救出来的。换了新环境的老树在顾老师一家上下的照料下茁壮地再发新芽，也许不必再在那死里逃生的阴影里徘徊。

本是同行

还未进屋，在这个绿得灿烂的南京郊外校园区的院子里，与顾宝新和他太太潘东篱两位一见如故，聊得高兴。初相识，却心照不宣地知道大家都是白T恤简单一族，两口子还统一地分别配搭上卡其色的裤子、裙子，我开玩笑说这大抵是这家里的制服。也对，这里除了是一个温暖舒适的家，也是两位合力组成不久的一个漫画工作室。聊起漫画，大家的老本行，就更是滔滔不绝。

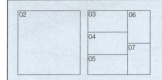

02 玻璃屋通透明亮,把客厅移到花草丛中
03 对创作的执着,对生活的热情,顾老师两口子一路走来,积极不断
04 小池塘中放进古老石磨,装置出灵活新意
05 城郊一批新建的小洋房,外观划一,就看你肯花多少心思来改造
06 用餐区一角,温暖热闹,家居快乐
07 对老式木家具和木材质料的迷恋,决定了家居调子风格

二十世纪六十年代出生的顾宝新,其父顾乃深是当年很知名的连环画家。作为儿子的他走上了创作之路,也是自然不过的事。顾宝新多年来一直从事与美术设计相关的行业,同时也在进行连环画的创作。但在经历了五十年代和七十年代两个发展高潮之后,中国传统连环画在新时代新文化环境里并没有后继之力,八十年代偶尔出现过一些以伤痕文学题材创作的连环画作品,但也只是小风潮,未成大气候,也依然摆脱不了图解式的图文关系。顾宝新太熟悉这些经过,妻子也是当年中央工艺美院连环画专业的学员,顾宝新谦逊自嘲地说那一段时期他画的大量作品都是为了混稿费,并没有太大个人成就感,令人听来不胜慨叹。

选择了创作的路,当然就得不断开放自己,勇于求新求变。一九九四年两口子一同出国,在新加坡任职多媒体设计工作,正是一个很好的机会去重新为自己定位、为自己的创作寻找方向。随着传统连环画换了个其实也不新的称呼,更广义更国际的叫作漫画,好些新的意念、新的技术、新的形式以及新的出版推广策略也都一

起引发。千禧年回国后,顾宝新就开始筹建个人漫画工作室,也开始酝酿新的一系列漫画创作。踌躇满志,乱世出英雄,我面前就出现了这个既熟悉又不一样的"妖猴王孙悟空"。

筋斗悟空

提起悟空,当然要回它的老家花果山水帘洞。相对那个神秘妖异的幽居,顾宝新这个也有花有果的院子简直是仙界。这些建筑设计原型完全参照国外形式的独栋小洋房,坐落各乡各镇,本来没有的性格,却在主人的重新设计下活出了一种融和的特质。院子里加盖了一个玻璃房成为采光通透的小客厅,正式进屋后叫人再三欣赏的就是那来自五湖四海的新旧艺术收藏品——当年入藏几经艰险购来的大幅唐卡,那些从拆迁的古镇居民家保留下来的细致木雕,那些各有精彩往事的盆盆罐罐、佛像与民玩,都在粗犷简朴的原木饭桌四周自成一个氛围,都属于这位"猴王"的宝贝珍藏。

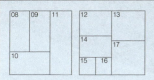

08 酷爱动画的小儿子郎郎,有他最爱的一个活动角落
09 室内处处都有叫人忍不住伸手抚摸的珍藏
10 重视家居生活与否,从对厨房的重视程度可一窥端倪
11 二楼临窗明亮一角,有造型朴实的工作桌
12 稍稍安静下来的工作室一角
13 对创作的热烈无条件投入,就像被一块神奇磁铁深深吸引
14 换一个角度看看自己熟悉的家
15 老照相机也是顾老师的一个收藏项目
16 怪怪的小家伙从来就不乖
17 有空临窗弈棋,动动另一种脑筋

顾宝新家里经常热热闹闹的,亲朋好友、工作伙伴,楼上楼下两层团团转。当然很多时候众人的目光关注的焦点,都落在顾家"小猴王"郎郎身上。很快就跟我这个陌生叔叔熟稔起来的郎郎,特上镜特爱笑也特爱发问,更把二楼的一面又一面白墙变成他的创作空间兼专属画廊。能够让小孩的创作爆发力肆意发挥,当然有同是创作人的父母大力鼓励。二楼通畅明亮的空间,除了是家庭起居室,也是漫画工作室的所在地,各种参考材料、电脑器材和制作工具都按工序流程妥当安放,年纪小小的郎郎有时不明白爸妈为什么不眠不休地伏案赶工,也跑过来陪着妈妈加班加点,这也就自小体会到找到一生挚爱的那种投入和疯狂。

一个内外都丰富精彩的家,一个创意澎湃的漫画原创地,说是花果山水帘洞或者是天宫仙界都可以,这里也当真有树王、有猴王,还有一日一日长高长大的孩子王。

是居家也是工作室，
日常生活的安排在上
上落落、出出入入中
充实完成

留住重量

顾老师的院子里应该没有水井,但却有好多个井圈。

院子其实也不必过分设防,但却有一堵用旧城墙砖垒起的单墙。

环顾周围角落,都有这些有岁月重量、用心思雕琢的来自村镇拆迁时被遗弃的井圈、柱座、石像,以及那些精致打造的刻有当年制作匠人名字的墙砖。在它们被推倒敲坏之前,受到了这位大侠的眷顾,几经辛苦,又抬又扛的,重迁落脚,开始另一段生活关系,为这里的家人和来客,牵动另一程跨越古今时空的重量级想象。

19-22 在乡镇里巷抢救回来的随时被弃损的古老生活记忆,现今都安静地在院里呼应

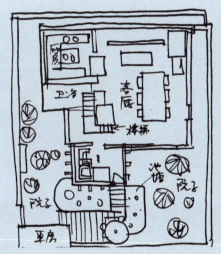

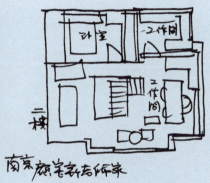

给我抱抱

身边认识的女漫画家不多,愿意结婚生子的就更少。

潘东篱把漫画创作放在生活中的一个重要位置,但看来儿子郎郎却是此刻最最需要倾注心血的一个会自行蹦蹦跳跳的"创作"。

无法完全理解和分享她在此间的无偿付出和得到的莫大喜乐,但从面前母子两代人的互动中感受到的生活的能量却是如此绵密和震撼,这不是简单一句母爱伟大可以解释清楚的。

23-25 爱笑的郎郎也爱做鬼脸,妈妈眼中、怀里的他永远是个孩子

你好我好

早就忘了因别人相约跟 Douglas（杨志超）初相识第一回到他家吃晚饭吃的是什么菜。是中式？西式？反正印象最深刻的是那些盛菜装饭、盛汤载酒的杯盘碗碟，工整成套的，各领风骚的，中西合璧，雅俗同台——

一对稳重黑皮沙发,一张尼泊尔彩色地毯,一柜来自五湖四海的杯盘碗碟……丰富多元的家居面貌故事开始

不只摆满面前饭桌,就连旁边的一个书架似的陈列大柜,都堆堆叠叠尽是青的、白的、棕色的、土色的陶瓷食器,各色各式玻璃,与不远处的开放厨房连成一相互呼应的动线——难怪我忘了吃的是什么,因为好些时候我对进食用的器皿、进食时的环境气氛更为敏感,更会挑剔。

菜未上齐饭未吃完,暗自给这地方、这格局、这个晚上打了满分。在甜点时间,聊起才知道不久前我已经到过他开的家居用品店,那是G.O.D.在港岛南区工贸大厦的年代。

少爷的店

没有人会不八卦一下Douglas的家族背景,相熟一点的朋友也许会开玩笑问他:从小坐"巴士"究竟需不需要付车资?又或者出入根本不用坐公共交通工具。十四岁就被父母送到英国念寄宿学校的他,分明是富家少爷,每年回香港度假都觉得自己像个好奇的贪玩的游客,拿着照相机在香港的上环、西环和九龙的油麻地老区游荡,开始慢慢用脚去走一趟香港历史,用眼去感知香港地道的草根文化。自幼也爱涂涂画画的他在大学念

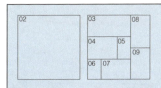

02 住好一点舒服一点，屋主人最懂得宠自己
03 一墙摄影经典原作，得仔细逐一端详
04 英伦留学生活吸取的多元养分，自成氛围在多年后的今天轻轻渗透
05 大胆拥抱喜爱，陈设展示无保留
06 轻至薄胎白瓷，重至南亚石雕，都是心头好
07 每回探访都如闯入画廊，尽眼望去，处处惊喜
08 幕后高手可有兴趣走上幕前？
09 吃好一点也是这里的主题

的是建筑专业，还是在那以激进前卫的教学主张闻名的英国建筑联盟（AA School of Architecture），回香港后的工作转向室内设计。工作里遇到的最大困惑是，装潢空间要用到的家具和家用品，不是太贵的进口货就是太烂的杂牌军，为什么偌大一个市场竟然没有价格适中合理有香港文化特色的货品？

这就是 G. O. D. 的缘起。对于在伦敦习惯了有 Conran Shop、有 Habitat、有 Heals 等高品质家居名店的 Douglas，这是直接不过的创业模式和指标。从一开始，他就认定了要让香港的中产小家庭有一个美好的家的冀盼和实践。身处的本土历史文化，肯定有创意、智慧和成就，只是在与传统断裂的情况下，好的设计没有继续生存发展。大至沙发和床，小至筷子一双，其实都该注意细节，都该有格调有感觉，都需要有国际视野和本土自家身份的认同。

一腔热情，一盘生意，少爷的剑，少爷的店。

丰盛一家

　　希望大家都住得好，Douglas 当然也不会怠慢自己。位于港岛半山高级住宅区的旧房子，叫到访的人也不禁怀想一下当年此间的繁华辉煌。这个老家是 Douglas 太熟悉的舍不得的，搬回来即使数度装修加建，还是有那种新旧融合并存的氛围。设计理念上绝对认同简约的他，在实际生活中却笑说自己还未真正悟道，无法遵从那简约极致有若禅一般的境界。他爱把真正喜爱的拥有的收藏都一一摆放在眼前：那些从二三手旧书店淘回来的线装书和那些从亚马逊网站上订来的新书堆叠成山，千里迢迢捧着拎着小心呵护回来的陶瓷和玻璃器皿自成一国，那一墙的黑白照片原作和各地艺术家的新旧油画、版画、海报创作，古老的西藏唐卡旁边是香港雕塑家的青铜人体，还有那够夸张的东南亚石雕，床头布偶泄露未泯童心；还有就是跨越不同国籍、不同年份、不同造型风格的都难叫得出名字的沙发和单椅……这也就是流行简约以外一个丰富的态度和实践，不必隐藏、不用羞愧那好像有点过时的过去自己的喜

10 客厅与厨房一墙之隔,色香味早已越界
11 东西合流,异地与故乡重叠
12 厨房是家的又一重心
13 室内室外,风景装置浑然一体
14 难得还可以偷闲重拾画笔放纵一下
15 卫浴间又是另一番简洁细致
16 卧室换上棕灰主调,向成熟沉稳的方向靠拢
17 旧海报是收藏项目之一
18 生活杂物只好高度集中摆放
19 美国艺术家的限量人形玩偶在窗前占一席位

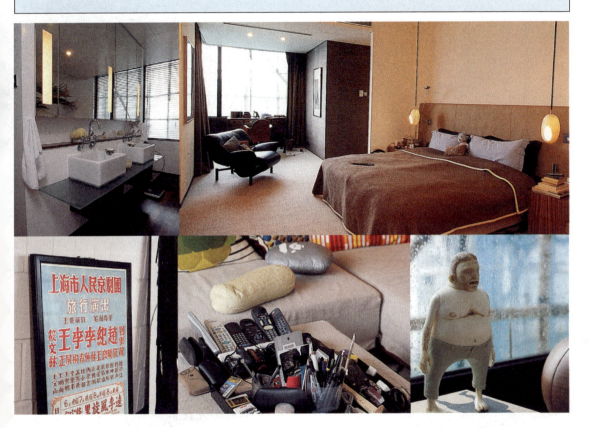

好,毕竟我们都是这样走过来的,选择、购买、收藏、累积,当中有学问有乐趣,宠了自己,快活的也是自己。

前后来过Douglas家里好几次,每次都发觉这家里的格局装置有变化。不停地在变动,其实也就是他的指定动作。早些时候他把邻居的房子也买下,一下子家里的面积就翻了一倍。因着他的恋物情结及储物性格,多余的空间并不存在。从室内扩展到室外,这里最叫人羡妒的是站在阳台上可以把山下维多利亚港口的景色奢侈地尽收眼底,即使碰上大厦外墙正在维修,那种工程进行中的棚架结构也很真实地反映出当下香港社会的重建状态。

从一家单纯的家居用品店出发,近年的G.O.D.已经转型发展成为一个全方位的强调本土生活风格的品牌。从家里的实用器皿到可以穿着行走的衣饰,家,已经不是一个传统的固定的空间范围。家,可以是广义的、流动的、活泼的、丰富的。在Douglas给我亲绘他那复杂得会叫人迷路的家的平面图之际,我跟他说,我忽然明白"香港是我家"的真正意义。

圆满开始

究竟有没有人终其一生都没有给自己买过一只碗,或者一只杯?

也许这些朋友多的是,也不打紧,只是我想他们也无法理解为什么有另外这么一些人对杯盘碗碟的痴恋热爱达到疯狂的程度。

爱的是这些器物的造型、颜色、材质,上手的轻重、厚薄,轻轻敲下去的清脆、沉着,进而想象用这些器物盛载凉的热的、干的湿的、生的熟的……食器与食物有一种相辅相成的关系,我们用尽一切方法去弥补为人的缺失遗憾,求取哪怕是一瞬间的一种圆满——

杯盘碗碟本就实用,更象征一种承载、一种包容,本身就是一种圆满。这是我跟 Douglas 多年前初相识时的一种共识同好。

21-24 对形形色色陶瓷器皿的收藏热爱经年,有增无减

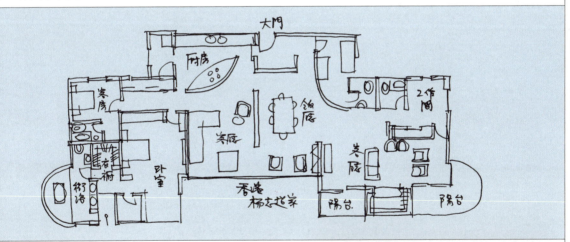

白色迷墙

这一趟来探望他,发觉他家里多了两面墙。

早知他爱搞怪,这个回合凹凹凸凸,又圆又方,分别在客厅和卧室做了两面浮雕,在音响设备前的不知是否有吸音隔音效果,在客厅的恐怕就是装饰至上。

电动的多元混杂、兼容并蓄,典型的英国美艺传统。留学多年,好的坏的都知道,先在家里好好做实验,白色迷墙系列指日登场。

25、26 依然是白墙,却开始不同的凹凸嬉戏

空中胶囊

坐在回家的计程车上,我才记起,我一直都没有问红胶囊为什么叫"红胶囊"。

当然我们在喝着他从夜市买回来的薄荷叶泡的蜂蜜茶,半躺半卧在乳白沙发和原木地板上的时候,还是兴高采烈同时又轻描淡写地分享着吃药与不吃药的种种好坏利弊、高低沉浮。对啦,我们都容易伤风感冒,有病,当然要吃药。

落地玻璃间格一列排开，景色无敌

　　如果不叫他红胶囊,而叫他的本名郭宏法,这个出现在各大报纸副刊、杂志专题版面以及书籍封面、内页、插图旁的叫人过目不忘的名字,那更不得了,像一个传道高僧的名字,每想到他法力无边的样子,我都想笑。笑的当儿又马上叫我记起,认识"红胶囊"这个名字,是因为他的感情丰富、笔触细腻的处男创作集结:《红胶囊的悲伤1号》。经过了这么一些时间重新回看那一段青涩的悲伤,在这十五楼高层望出去中和的、板桥的、台北的日日夜夜人来人往,悲伤升华,该是脸上带着平和的一笑吧。

还我清白

　　走进红胶囊位于中和市的据说修了很多年而可能快要完工的高架桥旁的高层的家,出乎意料面前一片清白素净。可能是给他自二十世纪末《未来11》的图文书及专题装置展览当中的迷幻色彩及肢体强烈变形所引导,及至港台两地都分别展出的新世代艺术家联展"粉乐町"中他有参与的装置,都是艳丽的颜色,慑人意象。总以为激情澎湃、着了魔似的他会把这一切都搬到家里去再放肆一下。想不到他跟负责设计这个家的一位多年同窗好友说,一字曰素,整体颜色都要很素很素,地板的木头怎样能够最白最白,面积不大的空间里要有最简单流畅的动感,还要有最好的隔音装置——他是那种听音乐会听到楼上的住客拿一柄菜刀放在身后来敲门警告的。(千真万确,真有其事!)想了一下他要求的素净也完全能够被理解,因为这

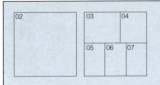

02 特意为这空间定制的沙发连小几正好占客厅这一角落
03 传说中的红胶囊经常通宵达旦地精心画图写字,真不明白感觉有点累的他为什么气色和皮肤都是那么的好?
04 需要大量空间用来存放心爱的乐手乐团的CD唱片,目前的"居住"情况还算宽敞
05 乐迷的小动作,正在播放的CD自有独家位置
06 创作需要灵感,生活需要滋养
07 地摊上买来的一尊变幻发光的摩登的佛像,又便宜又酷

个多产的创作人本身已经像熔岩会随时喷发的炽热火山,又像一只灵活轻巧、飞来飞去的五彩的鸟,在纷纷乱乱的外头有过多的废气杂音,回到家,自然渴望能够享有清洁安静。

打从高中开始就因为就读的复兴美工离家有段距离,红胶囊开始搬出来自住。上课路遥是当年绝佳的借口,现在他倒爽快承认离家是提早把自己交给女朋友照顾。联考后在高雄念工专的时候,据说住的是四壁萧然的冬夜里会被冻醒的阁楼小房间,房东还是黑道大哥。后来在云林念科技大学的时候自然也是一个(?)人住。久成独居习惯叫他在退伍后搬回家里住的那一段日子很不适应,因为至亲如父母兄弟,其实也有不同的生活作息习惯。他直言平生最怕干扰人,当然也怕被干扰。他记得当兵时一个极要好的睡在隔铺的死党,夜里打鼾地动山摇,可是他人实在太好,大伙儿拿他没办法。因此红胶囊深深体会到干扰与被干扰的困惑痛苦,发誓以后认识女孩子也得尽快争取跟对方睡觉的机会,如果鼾声太大实在没法发展感情,如果感情挥之不去就只好分房睡——给对方多一点空间,在此中探索和确认双方相同的生活态度和人生观念,活得自在,不干扰人也不被人干扰。

原作商业用途后改成住宅用的这一幢智慧型高厦,红胶囊挑的是一个双曲尺形的满是落地大窗间隔的单位,颇有住进半空的旅馆的感觉。从客厅的CD架和电视柜、走廊的小厨房到卧室的小书桌,都是靠墙量身定制的,以求腾出

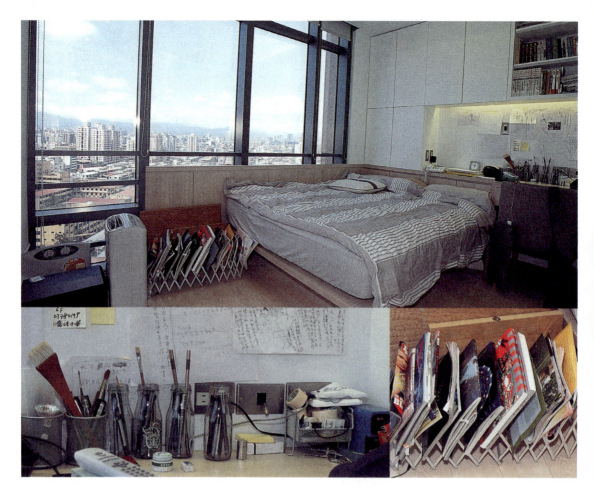

更多的空间。进屋迎面就是简洁舒服的沙发连茶几,转过弯直走进去就是卧房大床,明快利落,无雕饰无保留,正如把一排落地窗帘拉开就把近的楼房远的天色尽收眼底,看见同时也被看见,静谧私密的另一个呈现是光明磊落。

图文并茂

从来热衷并认真投入恋爱的红胶囊应该很清楚,他的恋爱对象除了女孩子之外,还有音乐和图文创作。谈起近期大家各自在听什么,他兴致勃勃地挑出一大叠唱片特别推荐给大家,一首接一首地听:德国乐团 Jazzanova 精彩绝伦的混音剪接;挪威好自在乐团(Kings of Convenience)的清新脱俗;Low 乐团听了会跌在地上爬不起来的低迷……诸如此类口味千变万化,音乐都是流在身体里的养分,都直接转化成为图文创作的动力和灵感。

谈起图文书,红胶囊更是忽地眼前一亮,活泼而又严肃,越说越显出一种有抱负有承担的斗士风范。怎可想象这个以"悲伤"起航的把自己绘成在感情中游荡的狗脸小孩的创作人,在图文创作的路上越走步伐越稳定清晰,方向也更加明确。他滔滔不绝地跟我分析了这几年来台湾图文创作的开拓形势,深信这种主动吸取漫画和绘本形式有别于日裔和欧美系操作的创作,终有一日会成为华人创作圈里一种被肯定的体裁。相对于其他文学出版类别,图文书该走向

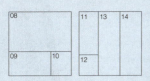

08 卧室里的工作桌跟睡床几乎连在一起,这个省时的习惯是好是坏?
09 虽然说把工作都留在工作室,但也只说说而已
10 有企图摆放得整齐的,有高兴散乱一地的,好书好杂志怎能错过
11 贴满草图和文稿的案头,创作是种又热闹又孤独的游戏
12 家居生活重要小道具
13 浴室推门外望有那一条看来快要完工通车的高架桥,可以想象那一串高速流动的光会很好看
14 铺了马赛克的卫浴室也是色调一统的素淡,浴盆来一个变形虫式的小变化

一个拼高度拼广度的阶段,也应朝向更时髦更流行的形态,与音乐、动画、设计的多元多媒体结合,不断更新变形,领导潮流。除了自家努力突破自己,他的又一本实验作品集即将面世!红胶囊更致力于培训新人,乐于把个人经验无私分享。叫人感动的是他认定这是一种奉献,一辈子太短,个人未必能完成什么,一时成为偶像也不能永远。更有意义的倒是成为新一代创作人所不满不屑的"老鬼",被推翻否定又何妨,这才证明在这又写又画的路上庆幸有新人辈出,图文并茂,开花结果。

爆裂天空

算得上是窗明几净的红胶囊的素淡居家,其实也诡异地暗藏一些哭笑不得的意外。曾经一场地震,使一排落地大窗中的一扇震成雪花般的漂亮图画,碎裂了却未脱落,主人只得用胶带把窗都封起来。我好奇地问这不是大厦管理该负的责任、该赶快撤换的吗?他说有关单位说是户主自己该付修理费,要动辄上万元。在我们正享受着唱盘转出来的愉快调子之际,忽闻一声巨大粗暴而沉闷的响声。是谁开的枪?是谁掉下楼去了?齐齐探头向外看又天下太平,只得暂当无事。后来才发现是他的迷你小冰箱里一罐苏打水因为冰得太过而自行爆裂,铝罐横空开膛爆裂,状甚恐怖。既然如此,我们便把苏打冰取出放进正在喝的可乐里,冰冰的,好舒服。

从卧室向客厅外望,走道旁有小巧的厨房,你会烧菜做饭吗?我悄悄问

未来娃娃

来自一九九九年也以"未来11"为名的一场装置个展,展场中除了有人形立牌、雕塑、3D动画播放和大型电脑输出挂画,还有这批叫我虎视眈眈的布娃娃。

都是红胶囊自己设计的图样形状,再由好友一针一线协力制作。大抵我们都被吓惯了,越恐怖越觉得可爱,忍不住伸手捏他(她?)一把。男生爱娃娃是因为女生爱娃娃,如果他和她同时都爱上一个娃娃,那么她就有爱上他的可能性了,不是吗?娃娃都有感情,有了感情,他和她就有了未来。

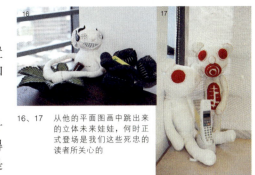

16、17 从他的平面图画中跳出来的立体未来娃娃,何时正式登场是我们这些死忠的读者所关心的

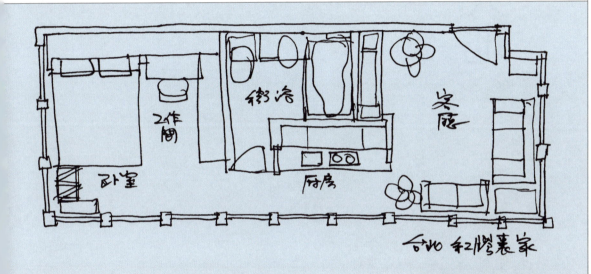

天空之城

来之前在电话里问红胶囊,在中和的家那幢大厦叫什么名字?"天空之城。"他说。"看来很像你听了名字毫不犹豫就会搬进去的地方。"我笑着说。

雷尼·马格利特(Rene Magritte)画中浮在半空的石头城是宫崎骏动画《天空之城》的原型,曾经被仰望被崇拜,如今一点都不超现实。居高临下是一种可以被购买的快感,站得高望得远绝对有它的市场价值。

兴头一来,红胶囊还带我们偷偷爬十层楼登上还未向住客开放的大厦顶层。无星的夜空是如此的庞大,风是这样的爽,尽眼望去台北市万家灯火各有私家故事。乘一趟电梯下来又走到低层的另一处公共花园,一路我在留意大厦的建材选择和建筑细节,才知道是建筑师姚仁喜先生设计的案子,水准之作,足以自傲,暂居天上果然有天上的喜悦。

18 虽然只是十五层楼高,但已无大地在我脚下的感觉了

换了天地

　　从香港赤鱲角飞往上海浦东，从一个通透明亮的玻璃和钢筋建构到另一个看来几乎一样感觉的空间，需时刚好一百二十分钟，真好，连天色也几乎没有变。

　　上海，香港，好事的一众不断在比较，你城我城，都辉煌过，都衰败过，今时今日又各自翻云覆雨争领风骚。一个城市，沸沸扬扬的好像很实在，但也很虚——如果关注着眼的只是建筑外观硬件而不是当中生活的人的修养素质的话。

我衣要用心,生活理念的实践

如此一个清幽雅致的秘密私家花园，怎不叫人眼前一亮！

上海的梧桐、上海的弄堂、上海的小洋房正在计程车窗外掠过，对于只是经过三五天的访客，就算吃遍外滩三号各个楼层的每一所餐厅，再住到金贸君悦顶层的总统套房，上海，恐怕都只像流光一样滑落在某个回忆印象的缝隙，而且有点模糊、彷徨。

因此我是幸运的，因为我认识到两位很地道又很不一样的上海人：王江和他的妻子Jasmine。

不一样的

复兴西路与乌鲁木齐路交叉口，"天籁"所在，王江两口子开了一家关于西藏及边陲文化的饰物店。

他俩的家也在附近，一幢外头看来还很典雅的老房子，从一楼其中一个小房间进去，掀起有鲜明藏族图案纹样的布帘，面前的房间窄窄长长的，真的有点小，但尽头窗外延伸出去竟

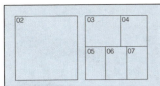

02 一花一草，一墙一地，修整栽培，都是心思、精神、时间的结晶
03 自家枯山水DIY，毫不逊色
04 拿得起放得下，王江与Jasmine忠于自己，随心生活实践
05 沏一壶清茶，聊一个下午，学会慢慢生活的节奏
06 造工精细的一把葵扇，引来的不只是清风，还有艳羡
07 一年四季眼前缤纷流替

然是一方叫人有莫大惊喜的花园，阳光下是一种久违了的灿烂。"天外有天"，原来就是这样的。

初相识，未详谈，就有一见如故的感觉。也许是这房间的种种陈设装置，叫人放松叫人宁静，叫人愿意放下平日拘谨的姿态包装。一墙的书，旅游的、摄影的、文化生活的，阅读生活同时阅读自己，一铺古老的红木卧床，抱膝谈心的最亲密选择。音响设备放在满是抽屉的西藏柜子上，流水一般清澈的新纪元音乐营造出神圣的宗教氛围。近窗的工作间简单布置，墙上挂的照片都是两口子入藏旅途拍摄的，还有在室内各处恭敬地细心奉放的佛像和法器，都令这个小巧的家居空间更不平凡。

热爱旅行而且特别向往西藏的王江和妻子Jasmine，笑眯眯的，一脸平和，在花园中阳伞下一边泡茶一边娓娓述说这些年来的一些转变历程——

新的开始

先后在国营铸币厂技术部门和酒店管理服务业受过专业训练的王江，跟在外资公司担任行政工作的Jasmine，在近年多次远离熟悉的城市、长途或短途的游历中，体会到要真正追求个性理想的迫切和重要。特别在入藏之后，大山大水的神圣和孤绝，藏胞们的艰难生活和宗教虔诚跟繁华都市的堆砌和营役实在有太大的矛盾冲击，他俩即使无法马上放下一切牵绊，但也决定先后离开了各自的高薪厚职，开始经营一家推介西藏生活宗教文化的个性小店。

这个新的尝试与其说是一盘生意，倒不如说更导引出一种新的生活形态。从前的固有社交圈子日渐疏离改变，好些顾客却变成志同道合的新朋友，一些日常生活中的"必须"变得不再重要，到后来他俩更决定要搬到这个比原居处小很多的房子，就因为这里有一个奇迹一般的可供呼吸的

08 窄长房间尽头一列采光天窗
09 小心细致,营造一种洁净神圣的氛围
10 典雅的贵妃床是白天的聊天茶座,晚间的休息卧床
11 空间越小越收拾得有条不紊
12 藏式家具纹样深藏宗教传统大学问
13 佛像、法器,自有一个安放的规矩位置
14 一列长木桌作为工作间,墙上是自家在藏地拍的照片
15 捕捉瞬间人情事物,从业余到专业磨炼出真功夫
16 旧洋房外观还是保得好好的,很有当年的气派
17 尊重每种材质的细节,从木纹看出时间痕迹
18 小房子进门处有一醒目鲜明的藏族挂帘,为进门者先做准备

小花园。

这一小方花园看来是从前大宅整个花园的靠边一块,旁边的几户邻居最初也不理解为什么这对夫妇对这么一个小角落可以倾注这么大的心力工夫:搭建原木平台,铺设石卵沙土,还有移植各种花树盆栽,安排各种室外家具装置……走进来的朋友都马上深深地被感染。这不仅只是多了一个早上吃早餐、晚上乘凉看星星的地方,这是在有限的条件里对生活品质的一个积极主动的要求,这实在也是普通不过的一种要求,只是我们身边有太多人早就主动弃权。

一路碰过太多为设计而设计、为布置而布置的家居,难得走进一所房子主人很清楚也很懂得自己需要什么,心爱物件各适其位,被置于自成生态的舒服地方。人在进步在变,生活空间也不断变化,下了决心有了信心,天地都不一样。

传统老家具的大方优雅,配合现代坐垫,实用新意所在

生活在他方

远方异地,永远是吸引都市人身心的一块强力磁石。

都市及都市人的竞争力、好胜心、自大狂、占有欲,无休止且一发不可收拾,活在其中,好累,但依然要乐此不疲。始终有人觉察此中弊病,如王江和Jasmine,千辛万苦争取另类选择,一步一步脱轨,在遥远他方寻找新经验。

他方不一定就是安乐窝,但起码有一个落差对照,提供另一种生活以及思想方式——让我们在初邂逅的狂喜之后,可以冷静下来,在往返之间把他方与此地的距离拉近——思念的距离、心的距离。

20-22 每次入藏,每次都有如重生,所获所得跟面前器物的造型、颜色、纹样一样精彩纷呈

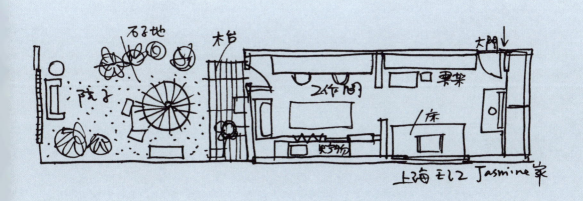

魔鬼细节

几个都市人走在一起,免不了拿自家都市出来相互比较。北京、上海、香港,甚至巴黎、伦敦、纽约、东京,如何比较?我先发言,由最初的大道理勉强支撑到后来,发觉自己也是一派胡言,算了。谁赶谁超、谁风骚谁落败,各有各的说法,比较实在的,是个人的喜欢与不喜欢而已。

我的喜欢与不喜欢倒是有一个准则,就看这个地方的人对生活细节、装饰细节、饮食细节、穿着细节重视与否,拿捏如何。光靠远观的派头气势不能作准,要贴近要触摸;呵,上帝与魔鬼,同在细节之中。

23-26 细节是一切,从水注到石礅到灯罩到玉石银器首饰,每一个选择决定都关乎生活的原则态度

橘色行动

《霎时冲动》,如果还有人记得,是郭启华当年在香港商业电台每晚午夜时分主持的一个极受年轻一辈欢迎的听众互动节目。

记得,起码不应只是当事人记得,电台总经理语重心长地训导,有人在聆听,一定有人在听,听过了会记在心上,直到很久很久之后,还会记得,空气里曾经有过这个人。

挑战的是自己的胆色,走在大家的前面总得要够自信

02 干净利落而且结实的白色布料沙发看来是必需的,配衬起鲜艳的毛毛地毯正好平衡
03 把客厅变成陈列偶像作品的展示场,流行的边界滑行好酷好险好过瘾
04 客厅另一端通往工作室和卧房,做屏风的间隔门也是挑了一个厉害的橘色
05 早晨起来有一室明媚的阳光,空气清爽,绿树摇摆,真不错

不甘只存在于大气电波中,新闻系出身的郭启华,一直与广播、与媒体、与娱乐事业纠缠:从电台DJ到电台节目总监决策高层到唱片公司主脑到艺人经纪人,当中的起伏转折,大抵都是深思熟虑、精心计算,不容有失,不得只凭冲动——

除了面前这个刚搬进来的房子,百分之百霎时冲动;经过,看好,决定,装修,入住,前后不到一个月。

色胆包天

我们也该有这样的胆色吧——
不必依赖哪一位大名鼎鼎的专业室内设计师的协助,不必一室都是高档名牌进口家具,不必跟着流行时尚主流和大方向,不必全屋一百多平方米的每个房间、每个角落都用统一不变的材质与风格,甚至不必一下子装修就赶着完成全盘落实,你的家、你的室内会按你的喜好和习惯跟你一道自然生长,不同人的差别只在于速度快慢,就如郭启华的这个冲动,当然一下子就在我们面前露出了色相。

首先是橘色而且是带有一点荧光的大门,未进门已经叫人眼前一亮,也叫人更有期待。门已经这样厉害,进去该是怎样一种风景?

如果要简单形容进门那一刻所观所感的心情,只能用"心花怒放"四个大字——

　　好久没有看见有人可以这样肆无忌惮地用颜色，尤其是这么强、这么亮丽的橘色：橘色的衣帽间、橘色的卫浴室，还有与橘色呼应的厨房、书房，更甚的是客厅正面一整面墙，放大了的日本当红艺术家村上隆的插画海报，都是橘红调子。

　　问他为什么胆敢如此，他一贯机灵地嘻嘻哈哈笑着，结果回答我了吗？好像没有。但这就是他，喜欢就是喜欢，喜欢就去做，破釜沉舟地做出一个局面，做出一个状态和境界。你说他过分吗？也就是因为过分，才会有新鲜刺激，才能独当一面。"真高兴"，我说了一遍，再一遍。从他的工作、他的专业，执着坚持同时求新求变，人如是，家如是，而且招式越见凌厉。单说这里的橘色其实不很全面，屋里还有很多白色，各种质料如皮的布的光漆哑漆的塑料的白，有了白，就更凸显橘色的厉害。关于比例、关于平衡、关于轻重，是我们这些下定决心自己动手决定房子的长相、家的模样的人，都得首先留神仔细思想的，酝酿得差不多，时机成熟也就毅然做决定。

　　所以我们面前会有如大型广告海报一样的插画放大版，是郭启华刚巧出差到东京，在当代美术馆碰上红得发紫的日本艺术家村上隆的个人大展，一向都欣赏村上隆得心应手地把玩日本青少年流行文化、卡通动画偶像的胆色，所以心血来潮，就把从小卖部买回来的海

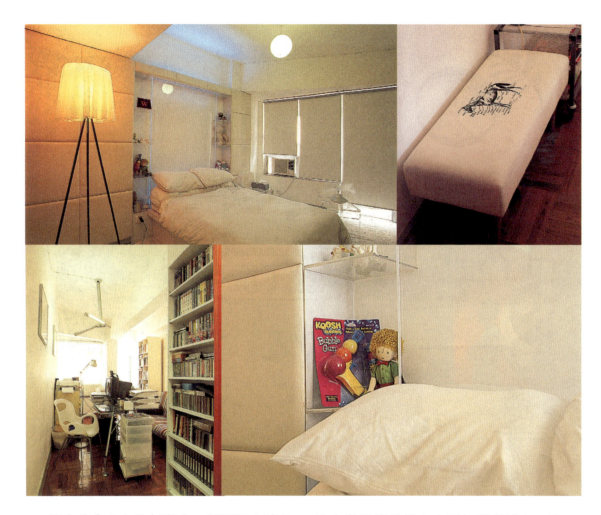

报交给专业电脑打印出一幅可以上墙的"壁画"。我笑着问他这有没有版权问题,他瞪我一眼说这是个人崇拜,不涉及商业行为。

但这里也有一间几乎全白的睡房:白色的床单枕头被褥、白色的毛毛地毡、白色的落地窗帘、白色的天花板,还有那包了塑料仿皮的方格软垫,一格一格如白色巧克力装嵌在墙上。"这有点像我们看惊悚电影里关着精神病人的密室呀!"我笑闹着跟他说。对,我是有点疯疯的,但不同的是,这个房间有窗,很大很大的窗——他随手把窗帘拉起,顿时一地洒满了冬日早晨的温暖阳光。

也就是因为那绝不吝啬的阳光,叫这个色彩缤纷的室内更加明亮清爽。这幢位于香港岛中环半山腰的老房子正处于路口,窄窄长长的,一梯一户,窗外难得的一丛老树,盈眼都是绿。阳光在早晨时分开始投进客厅、厨房,有阳光,天天都是大好天。

情牵小王子

从橘色的亮丽到白色的利落,其实室内还有各种颜色、各种形体、各类材质点缀其中:有七十年代的旧火箭筒模型内藏沉浮的迷幻液体、有塑料纤维一端发光发亮、有悬在半空的彩色浮动剪贴,一不留神,原来买的彩色条纹蜡烛竟然跟书房的沙发同一系列,塑料倒模的桌椅轻巧得像会随时浮向半空,还有

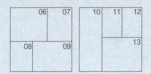

06 洁净得出奇的卧房,可见忙得厉害的他对休息的重视
07 进门处矮矮长椅坐下来好脱鞋
08 作为家居办公(Soho)一族,家就是万事俱备的办公室
09 床畔墙旁小王子,全套玩偶天天出场
10 卫浴室叫人眼前一亮,你不敢他敢
11 为什么不挑一块橘色的肥皂呢?我促狭地问
12 有了橘色这个主题,其他小配件就不难配搭
13 衣物间也是小客房,何日迎来一个橘色的客人

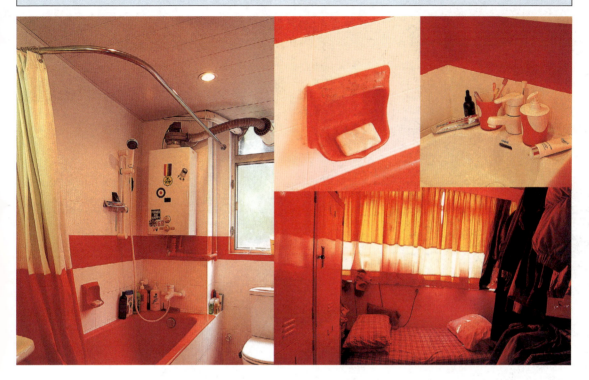

那跟壁画同样会成谈论焦点的色彩斑斓的地毯……总觉得他不像会刻意东奔西跑去张罗这些小道具拼凑成套,倒是如不经意漫游太空似的就把要的都一桩一件拿到手里。更叫熟悉他的朋友惊喜的是,他的旧居完全不是这个样子,记忆中那里堆满另一朋友收藏并寄存的经典旧家具,再加上一些他自己购来的塑料吹气沙发,还有很多唱片影碟,一大书架的书,简单至极的床铺……如今忽地变身,有点蝶变的七彩奇情,峰回路转,真够意思。

变,是我们理应时刻准备的;不变,也是我们某些始终记挂的、感谢的。在郭启华的卧房床头,我一眼就看到那一组"供奉"多年的小王子玩偶,是当年还未卖到成行成市的时候,远远托人从法国带回来的珍贵版本,就像谁收藏布熊谁收集娃娃,我们这一代人总是不怎么愿意长大——即使是在其专业领域里举足轻重、日理万机,还是坚持留一方让自己可以放肆的空间,让童真跳跃,让梦飞腾,情牵小王子,小情趣有私家大意义。

难得碰面,我们来不及聊起多年前共事的琐碎往事,也无意八卦他身边的一众歌影视天王天后的幕后私生活,倒是太幸运地挑了一个阳光正好的早上来访,面前一切颜色都更见出色,由衷高兴,因为眼见老朋友的橘色行动成功,生活得好好的。

是怀旧还是超流行,此刻不必计较,喜欢就是

怀未来的旧

对未来未知,我们还是抱着很大的好奇——所以并不愿意未卜先知,因为这会失去很多生活的乐趣。

当然,未来的日子终有一天会变成过去,经过了,又未免会有些不外如此的兴叹。某一种形状,某一个颜色,反反复复、浮浮沉沉,都是过来人才会懂得个中的乐趣和滋味。因此,我们也不免从俗地拥抱那些当下流行、即将流行的,或者是几乎绝迹的。在时空的流转更替当中,我们似是而非地感应"物质"不灭,从而对眼前器物,寄托以深情。

15 随风自由摆动的挂饰完全融入这个视觉厉害的大环境
16 六七十年代的流行经久不衰,未来远方始终有魅力
17 神奇的有趣的如面前的来自法国的收音机,一见钟情,来者不拒

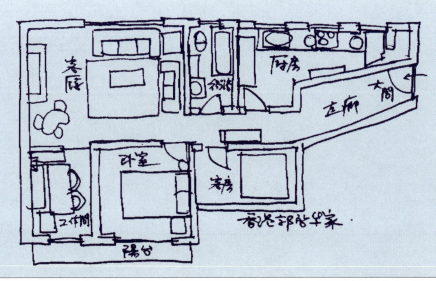

无敌童心

其实有点害怕在公共场合忽地碰上超过二十年、十年或者五年没有见面的小学同学、大学校友或者旧同事,也不是因为没有什么可以拉扯寒暄,只是一时不能适应,分明知道岁月同人寿一同增长,老了就是老了,但各自的速度就是不一样。

每次碰到郭启华,却少有这一点烦恼,先不要说大家在各自的工作岗位上是否与时并进,肯定的却是返老还童的能力。一个人可以在几千人面前掷地有声地发表对香港媒体生态的前瞻和回顾,也可以兴高采烈地拿出一堆新收集的公仔钥匙扣和友侪分享,童心无敌,这是唯一解释。

18 新宠是村上隆的漫画偶像主角DOB君
19 童心未泯是值得骄傲的

房间自己

窗外有一片薄雾,作为主人的淑美似乎有点介意。

"如果不是有这一片赶不走的雾,从这里望出去,可以看到环山的青翠,再一直望去更可以看到海洋!"淑美说来还是不甘心。

作为访客的我们其实已经很满足,周六的午后,驱车登山直达"天籁"。炎夏中山里自在凉快,淑美的房子位处高层,面前山色都映入眼帘,薄薄一片雾,其实更为景物添加了层次,柔柔的就是舒服。

马赛克铺成浴池,一个洁净的极致

偶然如愿

淑美清楚地记得,当天是如何跟丈夫和孩子一起,决定要买下这台北居家以外的又一个家——

那年夏天,与家人在天籁会馆的温泉公园泡浴之后,一不小心看到陈列中的售屋广告,原本打算到刚建好的房子里看看就算了,怎知一见钟情——台风过后,窗外万里无云,山格外绿海分外蓝,海中刚巧有一艘大白轮船经过,多么像一篇精心策划拍摄的广告,连资深的广告创意总监淑美也给吸引过去,实在不简单。

就这样决定了,连房屋贷款的问题也忽然不是问题,因为太喜爱这个环境、这个空间,仿佛注定就要在这里开始生活的另一章。

有了房子,当然就马上生出好多装修布置的念头。创意从来不缺的淑美脑海中第一个出现的画面,是由无数细碎的马赛克拼组成的海浪图案,一开门就从室内潮涌过来——梦想如何成真?身边该有什么专业朋友可以帮忙?不断地翻看身边相关的装潢资料,竟然给淑美看到一个熟悉的名字,负责春天酒店室内设计的李牧伦,之前有过合作,当在电话中得知淑美有这个新居布置的想法,也就爽快地答应给她提供专业意见。

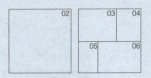

02 从城里家居搬来两把心爱的马毛皮椅,放在窗前自成一景
03 不多不少的家具选择,不靠名牌支撑,都是舒适实用的组合
04 笑得如此灿烂,因为终于为自己找到一个身心都舒畅的空间
05 刻意与随意之间,平衡由自己来拿捏
06 一目了然的开放空间,叫人一进门就满心欢喜

有限的装修预算,无穷的新鲜意念,淑美早就笑着"警告"设计师,这次合作可能有点难度。设计师最初的草图中,为这位女诗人设想了一个知识分子书房般的空间,但其实淑美并不打算在这里藏书挂画,放下日常身段,从"没有"开始再出发,是这个假日休闲空间的一个布置原则。

然后淑美告诉设计师一个"性感"的想法,曾经在《柏林风情画》这部电影里面出现的一个镜头:日本女孩跟德国女人细步走过榻榻米地席,直接走进旁边的浴缸去,浴缸——可不可以是这个家里的一道主要风景?

所以我们面前就有了这个一进门就敞开胸怀的开放式空间。在设计师的建议下,推倒了原来所有作为房间间隔的墙,客厅、餐厅、厨房成为一体,卫浴室成为焦点所在,拾级而上再跨进浴池,颇有一种仪式的象征意味。通往山后阳台的走道旁是故意空荡荡的休息间,乡间土布棉被在这里叠起有如装饰艺术,推开落地窗走出到阳台,一张舒服的藤椅足够诱人,懒懒呆坐……淑美在有限的资源里以马赛克铺好卫浴室和流理台,取代了原来用大理石的想法,也放弃了定造贴身的入墙柜子,索性要求四壁都干干净净的不必有多余储物的结构。"穷"版本的简约其实最动人最真挚,也最贴近简约的原意。

私密房间

　　毋庸置疑，这个空间的简洁开放叫来访的亲友都马上感受到那一份舒服闲逸，可是对于淑美来说，这个白色的房间却绝对不只是一个普通的周末度假屋。

　　在淑美最初的构想之中，这个地方的所有来客，包括至亲家人，都必须是被邀请而来的——也就是说，淑美是这个房间的"主人"。

　　对于一个结婚十年的女性，平日角色是丈夫的妻子、八岁的和三岁的孩子的妈妈、婆婆的媳妇、公司的主管，可是自己的真正位置在哪里？身份又该怎样一再重新定义？作为一个酷爱文学的创作者，淑美一直很敏感自身的存在，以及身边的空间环境和人的关系。一个愿意为家人友人着想负责任的人，如淑美，往往会在生活的细节中"牺牲"自己。也正因如此，一个真正属于自己的可以让个人独处的空间是如此的重要。可以沉思冥想，可以作息疗伤，可以让生活的能量凝聚激发，一个平衡，一种健康。

　　谈到理想的个人空间，淑美用的是"房间"这两个字，却没有用大家常说的"房子"，也许这更反映了女

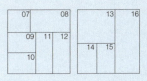

07 流理台依窗而建，贴近餐厅，把窗外的美景都带上饭桌
08 可以灵活推移的间隔，自行调节开放和私密
09 好友难得聚首，天南地北谈得兴起，笑得开怀
10 "奢侈"的流理台，面对无敌美景
11、12 爱喝咖啡爱喝酒，自行选择
13 放弃了原来的房间间隔，重新按自身的要求把室内功能再调配
14 洗涤身心，结束疲累
15 多花一点心思选择喜爱的洗发水和肥皂，让泡沫带来更多的愉悦
16 素白的墙，原色东南亚榉木地板，亮一盏心爱的地灯，一室简单干净

性对私密的一种渴望和需求。淑美更告诉我另一桩小小的隐私，叫我既惊讶又感动——她跟两个妹妹在城内共同拥有一个租来的小房间，一周内各自轮流用上两三天，淑美在那里读书、写稿，完成公司里的特急案子，爱烧菜的妹妹会把美食留在冰箱里，淑美也会给妹妹留点红酒、白酒，贴心的悄悄话变成小纸条，姐妹私密交心，各自在同一个空间里分享生活。这种浪漫的个人的理想并非匪夷所思，绝对有实践的必要——我们笑说该积极鼓励拥有这样的个人房间，肯定会刺激房地产市场，说不定会因此让经济复苏。

坚持为自己争取个人的需要，淑美也实在感激身边一直支持她的丈夫。淑美信心满满地笑着说，丈夫是个开放的知识分子，绝对可以接受这个像情敌一样的房间的挑战。在我们看似开放但其实依然传统保守的华人社会里，能够这样对女性关心体谅的男人实在也不多。

一次跟理想空间的偶遇，触发了淑美对女性自身成长中种种困惑的反思和实践，拥有一个自己的房间，竟然是再次拥有了自己。

半弧形的阳台上远眺出去,山后又是另一番景致

想象世界

桌上有一本厚厚的本子,书脊和书角已经残破,封面满满写了一句话:"Writing is nothing more than a guided dream."(写作只不过是一个受到引导的梦。)下署魔幻写实文学名家博尔赫斯的名字。这是一本书?一本笔记本?或者是……我没有向淑美求证。

我好奇,但没有偷偷翻看——是潜意识里要尊重女主人的隐私吧。即使没有翻开这一小小神秘之地,已经充分感觉到这里是个可以让想象自由飞翔的世界。淑美不止一次提到新近最爱看的电影《艾米莉的异想世界》,因为好奇的敏感的快乐的热情的艾米莉,在构想自己理想世界的同时,也向大家展示了生命无穷快乐的可能。如果我们都是艾米莉,这世界该有多进步有多美!

18 本子中隐藏的无尽想象,也是对自身的无尽要求的冀盼
19 空间必须"空",才能有更大的弹性和可能

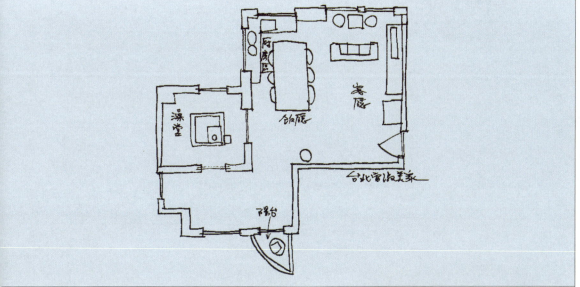

椅子物语

大抵我们没法说得出面前这两张椅子是谁设计的,只要坐得稳、坐得舒服,说不定设计师或创作人也乐得隐姓埋名。毕竟,一张椅子就是一张椅子而已。

我们常常会希望知道多一点椅子背后的故事,出于对设计的赏识,也出于八卦,也常常因此不自觉地忽视了一些非名师的好设计,拒绝跟平民百姓版本交流对话。也许我们都应学会心存感激,从平凡中体味生活的实在的美。

20、21 系出同门,黑白各有性格,就看如何组合相处

边缘走向

王静告诉我,这几年她一直在搬家。

为了她和身边的伴,也为了家里养的两个"孩子"——尼玛和六子——两只故事特多的狗。

从南京中山陵旅游区里暂住的旅舍出发,穿越那些高大浓密得叫人惊叹的夹道梧桐,计程车向城外方向驶去,感觉又身处不知是开发中还是维修中的路段,四周都是拆拆建建的工地。我对一切发展中的事情还是会抱很大的好奇,甚至寄予希望的。

"尼玛"在藏语里是"太阳"的意思,此刻面前是温柔的阳光

　　等，就等面前的沸沸扬扬尘埃落定，就像在家里收拾打扫的当儿，移上搬下浑身汗水，隔世灰尘刺激下狂打喷嚏——回头一看镜中的自己，灰头土脸的，还要面对面前自家拥有的、不知如何收拾的残局。家，是自己的。门一关，你可以跑出去透透气；门一开，你还是得回来面对自己。"师傅，南京长江大桥在哪个方向？"我不知为什么突然向计程车司机有此一问，他随手指了一个方向，问的答的，都没有特别的目的意义。

　　到了城外大学园区，王静的家就在旁边一个住宅区里。果然在认识女主人之前，迎面跑过来打招呼的是高大灵敏的尼玛和六子。家里没有养狗养猫的我，实在没有跟动物沟通的经验，只是本能地保持一点礼貌和仪态。在王静的吩咐下，两只狗对我这个陌生人也礼貌回应，然后自个儿继续日常。

　　这是一个由大大小小的独幢小洋房组成的社区，大抵在中国每个一线、二线、三线城市的市郊都有很多这样的建筑模式。在大家对生活品质越来越有要求的今天，这里至少多一点新鲜空气，多一点活动空间，多一点宁静。王静的家在这个社区一排又一排建筑群的边上，从前房子后面是一大片荒野地，杂乱，但自然好看。"可是你看，"王静要我从后窗向外望，"新盖的一幢幢房子忽地又在眼前，距离近得很快就可以看到人家每天晚

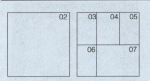

02、04 进门一组舒服沙发,开放的玫瑰红,热情的同时依然含蓄细致
03 院子里边喝茶边聊起的是踢球、法律以及诗
05 谈起在一个并不安全的环境里争取狗的生存权利,娓娓道来,愤愤不平
06 深棕色是室内的主调
07 靠墙翘头大案为室内添增古雅沉稳

餐餐桌上的菜。"

这几年来,王静就是这样从城里一次又一次地往外移。最初在看得见护城河和古城墙的住宅旧区,因为受不了重点开发拔地而起的高楼挡景,一家人决定搬走,当然,这也与两个"孩子"的生存环境有关。

天堂地狱

在此之前,我完全不知道在内地城市里,养狗是这么困难和备受歧视。王静本来也不养狗,只是偶然临时代养了一只小狗,那是尼玛刚出生不到三个月的时候。自此,王静与这"孩子"就展开了纠缠的刺激的轰动的情感生活。当然,恋爱本就该是光明正大、热情澎湃的,但在仍然有屠狗吃狗习惯的当代中国社会里,作为一只狗,长得壮、长得美除了在某些季节容易招致杀身之祸,平日也容易惹来影响环境卫生、破坏社区秩序的指责。如果你不是乖乖地待在家里,就随时有可能会被充满敌意的人围捕甚至打死——一只狗在一个社会的生存权利反映了太多太多说不清的问题。记者和编辑出身的王静把她与尼玛和尼玛的儿子六子这些年来的生活关系,写成了细腻动人的自白——《天堂里的每一天》。天堂,也就是一个我们还可以自作主张的家;家,也是最后一个要守住的阵地。

　　因为谈到挚爱，我这个陌生路人也像听到慈祥父母在一桩不漏地谈到自家孩子的种种美事、糗事，很新鲜好奇，很感动。尼玛和六子也偶尔在我们身边安静地走过绕一圈，回头眼神善良平和：在谈我们？我们的故事多着呢。

　　傍晚，王静的伴回家了。高高瘦瘦的诗人、作家朱朱，乍一看，像极了我那些搞摇滚乐的爱踢足球的迷电影的大学本科念的却是正经八百的什么管理什么工程的同学。朱朱是念法律的，一度真的是个专业律师，也在大学里教过法律课，现在是一本读书杂志的编辑，当然，也继续自己的文字创作。

　　见了诗人，总不能一开口就谈诗吧，因此我们开了瓶红酒，开始在这幢高三层的房子里扶着楼梯上上下下。

　　先来说说有着几何锥状屋顶的三楼吧，这是他俩藏书、读书、写作的大书房。一面墙全是书架、书柜，早已堆得满满密密的，还有已经堆到地上的，还未整理却像某派装饰艺术。应该还要花上好些时间才能整理好吧，又或者就永远这样，与舒服的沙发遥遥相对。在沙发上，读一会儿、躺一会儿、小睡一会儿、清醒一会儿、迷乱一会儿，这个空间是最自主最私人的精神游乐场。

　　走到二楼，是主、客卧室和卫浴

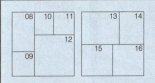

08 窄长木梯，再上一层楼
09 床头一端，通往女主人的衣橱
10 对生活日常道具器物的选择，也就是一种抒情
11 回头看旧时趣味
12 利落拿捏，干净安排
13 顶层书房，书海放肆遨游
14 各自的写作和阅读位置，互不侵犯
15 向上发展，尽量利用空间，寻找知识看来需要阶梯
16 看书看得痛快淋漓，需要浇浇水冷静一下？

室，清雅素净，没有多余装饰，深棕色的木头地板从房间伸展到走廊以及楼梯，为整个家居确立了一种基调，配上乳白色的墙纸，利落不作他选。

回到一层，饭厅、客厅，依然磊落却同时增添了好些趣味细节。进门后靠窗的一组玫瑰红沙发，设定了一种沉实的热情，沙发后的明式书架和西洋立柜，倒是出奇自在地协调。还有那造型修长典雅的翘头案，端放好些泥俑摆设，都牵引来客好奇地猜着屋主人的生活游历；墙上挂的艺术家友人的赠画，书架上堆叠的一再翻阅的各类藏书，屋里种种我们主动设计、构成这个叫作家的生活空间。我们又时刻改变进步，尝试塑造不一样的自己，无惧于跟主流社会保持距离，没有放弃从不同的角度用不同的观点去观察审视面前剧变的现实。生于这个年代，也就应该了解认识种种边缘的存在——边缘地带，城市的边缘、工作的边缘，往往是有最多的原创性、可能性。一如朱朱在他的诗和文中，在那些暧昧的风景和微弱的光线中，给人一种最清澈最细致的提醒，越能勇敢地走向边缘，也更有能力真正地走进生活。

这里是南京，一个我不熟悉但有一种奇怪的好感的城市，外面天色黑了，尼玛跟六子吠了三两声。

作为爱书之人,这不能叫作乱,这是一种兴奋的状态

平静神迹

喝着红酒而且喝得有点多的时候,朱朱告诉我一个小故事,近乎神迹。

有一回他在国外参加诗歌节,在一位诗人家的后院里,在地上(地下?)发现了一个十字架,上面的耶稣雕刻得格外细致,诗人将此物送给朱朱,朱朱把十字架带回家——

故事完了,没有风雨大作、雷电交加,很平静,神迹也可以是平静的,我听这故事的时候也并不太好奇(是醉了还是什么的),但现在想起来,就开始把发生的神话延伸——

不知道朱朱有没有因此而更接近基督教信仰,但对于与十字架故事有关的背叛、遗弃、宽恕、救赎等题目,诗人一定有过自家的思索和诠释。

18、19 十字架是基督教的救赎符号,一再出现,自有意义

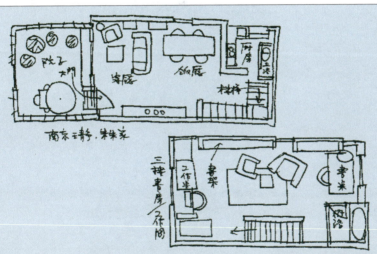

未来书世界

在王静和朱朱家,走到哪里,随手都可以拿起几本书。

中外古今,经典或者流行,我们在不断阅读中窥见未知世界,意图靠近也因此随他随她逐渐远去,在那个陌生的地方,再一次认识已经点滴改变了的自己。

不管叫知道分子、知识分子、公共知识分子,还是学者、诗人、作家……翻开新的一页,无谓给自己贴标签定位,总相信,这阅读当中有一种纯粹,一种乐趣。

20-22 窗前、椅边、案头堆叠,翻开来,走进去

我家有猫

我从没有在这么短时间内近距离跟这么多只猫亲近过、高兴过。我们的话题由猫开始,也就没完没了。在这里,猫就是生活,猫就是主人。

进门后，自家设计的深棕色饭桌
其实是家里猫儿的大舞台

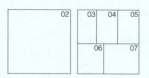

02 一整片平台是男女主人跟猫儿嬉戏的运动场
03 叫一众好友常常惊讶的是，花草和猫儿怎能和平共存？
04 你要我躺下我就跳起，你要我站立我就趴下
05 家是动物园，家是植物园
06 梦境一般的一缸鱼，在猫儿眼里又是怎样的一种意义？
07 人看猫，猫看人，真的爱上，真的不厌

无限生命力

进门前后，Jim（朱伟升）一直反复强调说，他今年三十岁。三十岁的他，今年结了婚，买了房子，外出旅行，还有这样那样……我跟他说，先不要管这个，我们来谈猫。

当然要谈猫，他眯着眼笑得其实也像一只猫，可是谈猫之前，得先从他自小养的白兔、老鼠、蜥蜴、鱼缸里的鱼、鸟笼里的鸟谈起，还有大盆小盆的花，这些都是他公开的宠爱。问得再深入一点，就知道他还用妈妈的白凤丸铁盒养过蚂蚁、蜗牛、蜘蛛和蟑螂。在我面色稍稍有异的时候，他说他就是爱那不息的生命力。哎，这个我真的没话说。

养与被养，里头当然有很多爱心关怀，很多互动沟通。然后说到猫，"猫改变了我的一生"，Jim认真地说。这又吓了我一跳。

那年 Jim 在杂志社工作，负责统筹美术设计。好好的有一天杂志突然停刊，一向"勤奋"的他忽然像欠了什么——他的说法是忽然有了一个要填的空洞，就这样，他买了一只猫，从此一发不可收拾。

由这一只猫开始，之后就有太多太多猫的故事。买来的、捡来的、一直养到今时今日的、中途生病离开的，从一个拳头小小的到一个枕头大大的、胖的和更胖的、永远捣蛋的、一贯高贵优雅的、热情的、害羞的……

爱猫爱人

Jim 爱猫，也令身边的 Amy（艾米）更爱猫。我问 Amy 为什么愿意跟这个男人在一起，她笑着说："我们结婚，也是为了我们的猫。"

我倒相信这不是随便一句玩笑。这个家前前后后曾经有七只猫：家猫两只、波斯猫一只、英国短毛一只、安哥拉两只、苏格兰折耳一只，相安和好，各有性格，完完全全的一家人。

Jim 和 Amy 下班回家，无论白天工作如何疲累，只要看到抱到这些调皮的撒娇的可爱的猫，就马上舒畅平和。

Jim 肯定地说，这些年来因为有了猫，自己的性格和做人处世的态度都有了很大的转变。纵然中间还是会有不眠不休的工作，但他更自觉要把更多时间分配给家、给身边的人、给身边的猫。事业上的拼搏、对权力和位置的追求，相对起来真的不那么重要。生活，什么才是真正的生活？如何享受？如何过生活？是这个三十而立的男人目前正在思索的大题目。

一直在谈猫，是因为这个家居环境处处细心为猫着想：自行设计的餐桌和餐椅简直就是爱猫走秀的天桥，尤其是正方中空的餐椅更像画框一样把猫儿各自或慵懒或趣怪的表情动作

08	09		13	14
10	11	12	15	16	17

08 卧房的另一端是工作室，四壁橄榄绿色调是心思所在
09 舒舒服服的大白布沙发，常客当然是宝贝猫儿
10 看我！看我！
11 线条干净利落，色系素材统一
12 爱吃的猫为何不留守厨房？
13 休息、娱乐、工作，全天候无间，还好，还年轻
14 睡个懒觉，今天第五次
15 整洁卫浴一身轻松
16 笨笨的狗布偶，抢不了猫儿风头也不打紧
17 空间有限，随机应变

框得绝妙。卫浴室有专为猫儿进出而设的矮门。两口子的卧房虽然曾经是爱猫禁地，后来刻意换上玻璃门，好让猫儿隔门也同心同在，到最近已经全面失守宣告解禁，全天候全方位爱猫至上。至于全屋选择的色调材质、物料配搭，也竟然经意不经意地与这七只猫同一色系感觉，物我融和，因为猫，真的是因为猫。常常觉得"宠物"这词有点怪怪的，宠与被宠，那种占有、控制的感觉总不舒服。这个家里自由自在的猫大抵不只是宠物，它们已经成为爱人。爱，也绝不是单向的，仔细一点敏感一点，其实当中有很多互动很多沟通，对家、对猫、对人有这样的专注，值得，难得。

拟人新世界

凯蒂猫（Hello Kitty）是猫，加菲猫是猫；米奇和米妮，噢，是老鼠。

拟人拟动物，在猫狗鼠兔猴青蛙蜜蜂圈中混，我们都是这样长大的。管他还算不算什么花的孩子、什么婴儿潮，我们都希望在沉重的日常生活中有空也有可能喘一口气，把心情寄托于这一群小动物身上。也就是说，这些猫狗玩偶是我们的代言人，表达我们对政治经济、社会民生的所触所感。

接受产品设计专业训练的Amy，在职场中一番磨炼之后，终于下定决心与Jim一道创立自己的家用品牌MeMeMoMo，主角当然是精灵可爱的黑猫男和白猫女，至于这对活宝的行为举止是否就是创作人夫妇的写照，有待观察。

19 将感情喜好转化为创作灵感
20 正式推出以猫做主题的文具玩具品牌MeMeMoMo。猫男猫女，家族繁衍

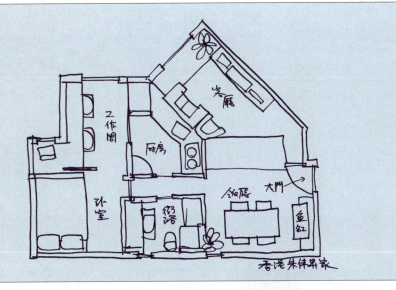

有心栽花（以及草）

既然可以打理一个动物园，再来兼营一个植物园应该也不是一件困难的事。

只能说一声佩服，尤其像我这样一个其实连自己也不怎么能好好照顾的人，只能到别的能人家里摸摸人家的猫、弄弄人家的花以及草。

动物植物都不是死物，都有生命都有情，点点滴滴，竟也训练出作为人的一种关怀、耐性和爱心，不知不觉，可轻可重。

21 在一众猫儿的"合作"下，经营一片绿

山色远近

和庄普在阳台上喝茶聊天，忽然谈到远和近的问题。

从这里往外望一直可以望得很远很远，也就极似一个创作人理想的视野空间，无边际无拦阻，天马行空。从这里往内望，也有近在眼前的小摆饰小纪念品，吃饭的碗、喝水的杯，都是生活中的些微细节——

涂鸦手绘椅子背景是亮丽又深邃的"克莱因蓝"

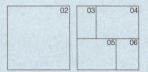

02 庄普一再强调现在的客厅已经有"太多"的家饰,可以想象这里曾经是简约到极致
03 进屋回望,刷了天蓝调子的门叫人误以为身处南欧海边小镇
04 全身木框落地大镜,自家设计创作的书柜,刚上了画布的画框……室内随意一角,都是生活的装饰
05 侧厅是听音乐看电视的休闲空间,新旧家具在这里和谐共处
06 不疾不徐谈起家居环境细节、艺术创作道路、教学经验心得……周日早上的庄普,一身清爽

"有远有近,就是没有中景。"庄普说。

没有中景,这其实也是庄普自己的选择。所谓中景,也就是生活中的烦琐交际关系、感情纠纷、办公室政治,纷纷乱乱,扔不走剪不断。能够有资格、有信心抹走中景的,果然是敢于肯定自己,不胶着于零散的小悲小喜——人届中年还是满怀热情去创作、去生活,也把自家居所的大环境与小气候安排得恰到好处,选择远望选择近观,性格分明,没有中景,没有一丝后悔。

安然自语

庄普为自己选择的路,是一条艰苦却同时享受的艺术创作路。称他为画家、装饰艺术家大抵都只是个标签吧。在进入他的创作世界,回顾细看他二十多年来的作品之前,来到他在山里的家,也就是直接面对他的生活创作。

在这个有三十年历史的社区里,庄普一住就是二十年。当年名噪一时的女建筑师修泽兰女士精心规划设计的这一个社区,享有台北县鲜有的自

　　然景观，庄普挑的是沿马路的平房连阳台，最能把学生时代留学西班牙体味的南欧风貌延续演绎。把精神、时间都放进来的这个家，经验日积月累，细节越见精彩，家，本就是每个人都应该积极投入的一种最踏实的创作。

　　当年搬进来的好一段日子里，庄普坚持家里只有极少量必需的家具，把生活的牵绊减至最少，这跟他早期创作中画布上节制的颜色和肌理呈现出的冷静思考不谋而合。这种简约的取向却并不沉闷，因为当中还是有各种物料的运用和协调。

　　时至今日，室内的间隔还是保持原来的磊落开放，为自己争取最大的空间弹性是一种无止境的追求。尽眼望去没有行头架势的名牌家具，DIY的自家创意设计却因此格外突出，朴实的木头材料往往是质感最实在、最自然的选择，或随意或精密的计算组合，有人性的贴身亲切。放胆给自己腾出更多的空间，就有条件添加精致有趣的细节，侧几矮桌上种种有纪念价值的生活照片，友人相赠的小件艺术原作背后都有精彩故事。轻若一张涂满不知名玩物的速写拼贴，重若一尊抽象的实验的石材雕塑作品，以至

翻开的正阅读的一本书,平日喝水的一只杯,我们的生活、我们的家就由这些日常物件组合拼凑而成,自成一种属于自己的生态。

走过感情的曲折起伏,回复独居的庄普,验证了一个人也可以活得好好的。阔落整洁的厨房依旧有家的亲密温暖,卧室的一片蓝始终连接年轻浪漫想象。回到平凡却又比平凡多了一份活泼,更明显地表现在阳台上的勃勃生机,一排"不怎么需要照顾的"植物绿得灿烂,呼应四野那叫人心旷神怡的山色。

争取对话

创作是种对话,教学也是种对话。作为一个认真的艺术工作者,庄普多年来从未间断地进行各种混合媒介的创作发表活动:中国内地与港澳的、欧美的展出交流经验,都刺激起不懈的探索与思考。在急剧变化的社会时势当中,如何稳定坚持自己的艺术信念也同时勇敢面对更新突破,是创作人面对的首要问题。庆幸的是庄普有

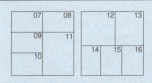

07	久经日晒雨淋的木头家具,坦然面对流逝的时间,骄傲地陈述自家经验
08	老照片勾起昔日美好回忆,人在回望与前瞻中成长
09	侧厅转进去就是宽阔厨房,小餐桌上喝个咖啡吃点简餐好悠闲
10	书房案头堆叠出自家的一个秩序
11	庄普轻松地说并没有刻意料理阳台上的花花草草,能有如此成绩,叫人好羡慕
12	床脚架特低的一铺舒服大床,正好配合窗台高度远眺山色
13	室内有其间隔布局,阳台外又是另一番开阔景色
15	养一盆浮在水上的灿烂,看一眼都开心
14、16	栏杆边墙角落,随处都是这些有趣的小玩意儿

家可归,家是一个可以叫纷乱思绪沉淀下来的大后方,休息整顿过后再重新出发,真正领悟回家真好的感觉。

当年风华正茂,典型的美艺青年废寝忘食、如饥似渴地学习,在艰难的环境中刻苦寻道,相对于现今一般青年的慵懒和犹豫,作为老师的庄普不瞒其忧心,分别在台南艺术学院、实践大学和台北市美术馆都有兼课,庄普还是愿意开放地和学生讨论、探索电脑新时代艺术的一切可能性,又或者在找到方向和结论之前,先不要放弃的是自身不断的坚持和努力吧。

生活,毕竟从来都不是如理想一般妥当计划,总有错失遗憾,亦有无端惊喜。每个人在自身的条件限制和机遇安排中,坦然面对亦努力争取,艺术家当然也是普通人,既然选择了自家的生活方法,布置出一个叫自己舒服的居住空间,也叫偶然来访的朋友感受到那一份热闹以外的宁静安稳。周日早上,晴明好天气,一如庄普此刻的心情。

通往卧室与书房的走廊上，
一排挤得满满的靠墙书柜

珍惜本地

听说这里有过通宵达旦的聚会，美食不断，好酒不尽，山谷里欢声笑语回荡。换了个大白天，又是另一番悠游景致，也许不必想象这里是南欧某个山谷、某个果园旁的度假别墅，只要你下定决心远离都市喧嚣，在自己的土地上也绝对可以有不一样的景色。

18、19　懂得生活的都会争取如此一个阳台，读读报、晒晒太阳，乘乘凉、看看星，简单享受，美妙至极

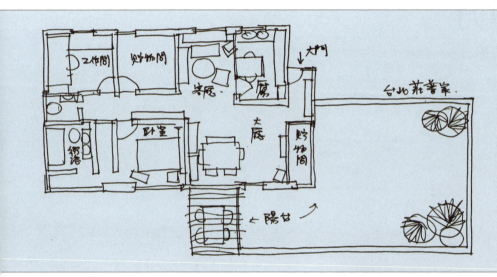

DIY 导航员

如果给每个人一个机会去盖一栋自己居住的房子，不晓得庄普会盖出怎样的一个惊喜。

起码他小试牛刀，轻而易举、磊落大方的 DIY 家具作品，已经叫人由衷佩服。先是落地大窗边的一组由横竖木箱叠起来的储物书柜，毅然独立有如某部落的图腾，再是那靠墙边一挨一站的聪明高贵的 CD 架，也是一绝。更有那一组粗犷简洁的结实的大框书架，自成一派又与朴素环境结合得正好，来他家玩的一众赞赏之余，鲜有不受启发而蠢蠢欲动的。

20　自家设计制作的横竖箱子组合，不逊于什么欧洲名家前卫设计
21　更了不起的是这个 CD 架子，最爱听的音乐当然放得低一点

风月清明

每一次看郑在东老师的画,都像在跟他一起做梦,又像在跟他一起照镜。

走进他在上海的家,岂是在梦中照镜?如此虚,如此实——

不要以为这是哪个禅师的床铺,床头那通风与采光的窗与床尾的有如神坛的电视,实为一体,有同一作用

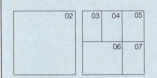

02 挑剔，精准，拿捏仔细，无话可说
03 进门迎来房山石，有闲变身进去攀爬
04 新的旧的、东方的西方的，协调呼应
05 独乐也乐，众乐也乐，郑老师来回游弋自如
06 看似不经意，但处处都是色彩的敏感巧妙搭配
07 佛是佛，洋娃娃也是佛，好好供奉

做梦，梦的是那极为超现实的部分，一切本来以为分明的山水风景、建筑实物，都模糊而后简化，变为连笔触也不甚明显的平涂色块，外形拼贴连接，以突兀的对比的鲜艳、某时节的流行色呈现，而且是不会过时的那种诱惑色。

照镜，是在一段横跨十数年的时空里，常常看到画中的圆圆的作者自画头像，从地平线、海平线甚至是平白无故地在面前就出现，漠然无甚表情，就算是全身现形，也是在那些近乎抽象的风景中作为一个游人配角。观者一次又一次在镜中看见作者，渐生情愫之后说不定也会成为镜中人。

做梦与照镜，超现实对应现实，习惯沉溺于两者当中的，必定会读得懂老师的画，而且喜欢。

从每次看郑老师油画原作的兴奋，到不时翻阅多年来一本不漏的展览目录——《水手与箱子》《香江风貌》《北郊游踪》《台北遗忘》《何不秉烛游》《举杯邀明月》，及至在一个完全没有心理准备的黄昏，第一次和老师在他台北的家里碰面，面前的他与画中认知的他、与一个好像只会出现在"古代"的极其典雅清幽的

家的环境,重重叠叠。

中的意境神髓来一趟三维立体演绎。

退守边缘

好几年前在台北碰面的那一回,其实郑老师当时已经抽离台北、旅居上海。起初是与画坛挚友于彭共用一画室居所,后来成为独拥的一个空间。最近一次,就在老师这所新入住的居家中喝茶聊天,很实在、很亲切地交换近况家常,可是我自一进门却一直处在一种被震撼的状态中——是这个空间之挑剔与精练,却又有一种满不在乎的空荡,温暖舒服的同时又冷漠虚幻,简直就是将常常出现在老师画

外人偷偷一瞥,只懂用上"古意盎然"这些字眼来形容这个地方,仿佛那些奇石、老家具、陶瓷古玩、古画、文房四宝……都只是好古的装饰小道具。但其实也就是这些器物,构成了最完整的一种生活策略,一种从台北的熟悉的生活居家创作环境中撤退到"另一个"环境中,回到另一个也许才是真正的家的环境里。正如学者华立强论及:"郑在东的撤退是基于无力感,他与威权和辞辩(rhetoric)的核心远隔,他所撤退的据点是一个世俗的、绝少人注意的、隐私的个人

世界。郑在东撤退也因为他相信人的主观并不全然依赖物质条件,也或许是他相信个人主体的修炼,可以用来对抗,以及重新理解客观世界里,挫折与不平的现状吧……"作为一个非学院训练出身的画家,作为一个从大陆"撤退"到台湾的外省人第二代,一直在身份定位中被边缘化。从被动到主动,以至近年决定长时间留居上海,也是某一种意义上的再撤退。是否以退为进,见仁见智,只是这一切选择决定,竟都如实地反映在居家的主题和细节上。

到此一游

看到郑老师的画,过瘾当然过瘾,但不是一种单纯的愉悦,那是一种暧昧、一种抽离、一种惊讶,甚至是某一种紧张与不安。那跟出游到某一个从文字、图画和影像中认识过的陌生地方,一旦在其中而产生的那种轻微的错愕和不适,然后又很享受很回味,很是接近。

在这个不单只是有点古意的崭新的上海高级住宅区,在这个既抽离又始终能够踏实地走进来的家的风景

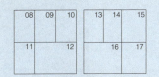

08 亲自监工，木作水准才能达到要求
09 文化传承，可以是声嘶力竭紧急呼吁，也更应该不慌不忙生活其中
10 圣洁与荒诞原来可以并存
11 素纸糊壁，是老师发明惯用的
12 书房清洁素净，不多不少，更显功力
13 从客厅往厨房方向，灯光变化如出入奇异国境
14 城市山林，乡居现代化
15 当物料材质变成文化符号
16 起居作息，开窗关灯，无不是一种抒情
17 卫浴间有另一个色系与材质的选择

中，一床一榻、一几一椅、一块石、一杯茶，更有老师钟爱的不断反复重播的莱昂纳德·科恩（Leonard Cohen）的低吟唱咏作为背景或主题（？）音乐，我忽然明白了华立强说的"达到某一种宁静与机敏自觉的境界，要比追求'进步'（progress）来得有价值"。走近传统，欣赏的无论是古玩家饰，还是文人画与古典诗文，都不是一种纯粹的怀旧，更无所谓触景伤情，那是一种有点吊诡的新动作，使得游人在传统的断层中比较能把握所用，再一次认定自我，更能玩得尽兴——客厅中一双玉石琢磨（或者可以用塑料仿制）的脚，房门口一个超大裸身塑料洋娃娃，以及厨房完全不同色温色相的照明，都是那么地带点荒谬嘲讽，又那么地自信自在。

一面翻开画册看到老师绘的父亲墓园中铭刻的"清风明月"四个大字，一面听老师从如何得法访游江南名山，谈到上海男人的没野心、上海女人的精明，再从当下KTV风格谈到玩古玩是玩一个时代的风范……我们身处的现代也就是这样的一种颠倒错置——清风明月，风清月明，风月清明，清明风月，月，明，风，清……

一室素净明亮，安心休闲，创作能量才能伺机放肆

衔接学问

常常动不动就搬出什么文化断层、生活碎片等字眼来吓唬人吓唬自己，更不说种种不同利益集团之间的矛盾冲突、针锋相对是如何恐怖地把族群和人性撕裂。在如此一个混乱崩坏的形势中，我们是否真的能静下心来，谈谈衔接的学问？

榫卯关系，利用木材自身的柔韧性和延伸力，相互抵消平衡，是中国木构技术的伟大和微妙之处——大至一栋建筑，小至一把圈椅，都在呈现这种衔接的学问。

人太笨，比木头还笨，要到什么时候才明白衔接与传承的关系？

19-21 留意榫卯的接合，一切稳实结构的根据

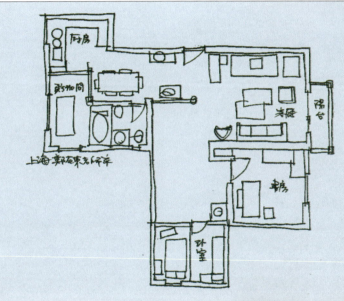

玩物养志

短短几个小时，没法认清面前的种种小巧古玩器物和奇石的长相，也念不出那些背后肯定有故事的古怪名字，只知道要对这些小东西有认识，该跟他（？）/她（？）们生活在一起。

会不会就这样忽然老起来成为公园里提个鸟笼晨运的伯伯？其实都看你是否准备好进出来去自如，用一个游的心态——神与物游，爱玩，好玩，能玩，就是了。

22-24 玩物只为怡情，拾得什么生活学问道理都是额外的收获

全职生活

Walter（纪晓华）的家是个"集中营"，工作、娱乐、饮食、爱情，全职全天候……

搬出林语堂老先生的话说："有智慧的人绝不忙碌，没有智慧的人不懂得悠闲。"这个世界上，最忙碌的动物大抵就是人类。而时至今日，最吊诡的事就是大家都在忙碌地追求悠闲——

素净的起居室
有灵活的滑门,
卧房与客厅随
时间隔

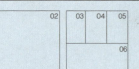

02 空间有限，沙发俨如宝座，其余桌椅都往地面发展
03 开放式厨房其实是家的核心
04 主人的高超厨艺是时尚媒体圈中无人不知的
05 再忙碌也得安排生活空间里的必要小道具
06 一目了然有好处，没法容忍多余物件也不容懒得收拾

我们在Walter挂满白色布帐的天台玻璃小屋里，天南地北，拉扯起工作、游历、饮食……小屋是他的工作室与资料库，层层叠叠、五颜六色的资料，推窗靠山有一坡绿树。推开门，天台的其他位置有好几盆正待料理的水仙花头、烧烤炉、淋浴水龙头，不知名植物以及新添增的池塘和金鱼——林林总总构成了生活的氛围，调节着作息规律，主动的悠闲和被动的忙碌纠缠交替，自然而然的呼吸，全天候生活……

全职小单位

Walter递给我的一小方名片上面，用"设计顾问"四个字来描述他的工作。一人小单位，游走于各大商务客户当中：为时装广告做策划，为百货公司的视觉形象做统筹，手头有愈见喜好的室内设计案子，也为潮流生活杂志撰写旅游和饮食的稿件，在电视节目中示范入厨秘技……智慧的人在今天被逼成忙碌的人，"我会不很忙碌地去忙碌——"Walter说。

早年的时装专业训练，刺激起

Walter对潮流起伏的好奇,也在日后丰富的工作阅历当中,磨炼出对各地人情生活细节的敏感关注。转折间选择了独立单干的工作形式,其实也是一种争取。"大机构的工作规律和模式,容易叫人陷入形式的旋涡,限制了思考的时间和空间,叫人懒。选择个人作业,就要逼自己不停地去吸收、不断地去进步,建立与客户或朋友之间的关系,平衡工作中的妥协和坚持……我并不是随遇而安,但也不过分计算,条条大路,一边走一边慢慢成熟。实际工作起来,其实也不论所谓背景,各行各业,最重要的,都是创意……"

游历生活

Walter好动,浮游浪荡,周游体会。小时候最爱和兄长玩的一个游戏是翻开地图,看谁最快找出某个地名所在。且千方百计储蓄"私己",自十二岁开始就跟兄长趁假期往内地跑。自此沿途看过的听过的吃过的,也就不知不觉铭记存藏,环境和感觉都完全立体,不仅在工作中用得上,更重要的是种种经验已经融入日常生活,丰富浑然。

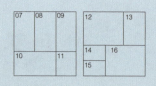

07-09 如果你说这是美艺职业病也确实病得专业，屋内角落的摆放及颜色造型都自有章法
10 参与设计众多别人的复杂家居，留给自己最简单随意的选择
11 全天候休闲地工作，游戏中快活
12 天台另辟一室，风格截然两样
13 高楼大厦团团围绕，幸好天台还有一片绿
14、15 另一个创作空间，让一切习惯喜好尽展眼前
16 家外有家，天外有天

　　曾经有机会和Walter在战火与战火的"空当"中，到过将来不知何时会再有机会探访的以色列。从特拉维夫到圣城耶路撒冷及至只浮不沉的死海，Walter完全发挥他的专业高频实效，不放过任何一个可以拍照采访记录的机会：从《圣经》里的古今对照，到对传统犹太食谱的食材追踪，在这个气氛实在太沉重的国度，Walter还是懂得从不同角度用不同观点去认识了解异乡的种种——场景一变回到他家里，犹记得初相识就是在这开放式的厨房灶头面前，他很随意地切碎几个洋葱用牛油炒香，再在锅里下半瓶便宜的白餐酒，等烧开了再下几包鲜奶油，最后把急冻的贻贝放进去，看煮得差不多时再下香草和调味料，时间与烤炉里烤得金黄的法国小面包配合得正好，还不忘肥美的罐头鹅肝酱。不得了，对吃的专注和热情，迫不及待地第一时间与新朋旧友分享。

住家风景

　　不要开口问Walter他的家居是什么什么风格，因为最简单直接的就是他的风格。四十多平方米的一个空间完全开放，大块白色地砖铺地，进门

就是五脏俱全的开放式厨房,他的日常练武之地。再进去是起居空间,白色布帘透进一室阳光,以白为主的沙发,自行设计监工的可以自由移动的清水混凝土打造的咖啡桌,散置各个角落的色彩浓烈的靠垫,还有最为瞩目也最实在的磨砂玻璃钢框滑门,作为卧房与起居室的间隔,完全是一堵会活动的墙。

Walter 在构思整个设计基调和细节的过程中,认真地做好小模型以及材料样品,好向客户——他的太太和他自己交代。两人居住的空间当然要互相协调呼应,Walter 笑着说室内很多细节都尝试从女性使用角度去考虑,也用尽法宝从各种途径收集和调度物料,最坚持的是让种种物料还其本来面目,追求素净,维持质朴——突然问 Walter 心目中的理想屋该是什么样子?他笑笑说的确没有想过。(也许目前的就已经很理想?)但说到环境和位置,他倒不太考虑有太久远历史氛围、太有成见包袱的"旧世界",如英国,倒是喜欢自如随意、天大地大的"新地盘",如澳大利亚,更适合他不怎样忙碌地去全职生活。

换了空间换了身份,从厨师到
作家到摄影师到设计师……

重量级 DIY

在事情发生之前,大家都不知道事情的严重性。如果真的是想得到就做得到,这个世界也许会更有趣,也许会更恐怖。

不约而同地都喜欢建筑大师如安藤忠雄的签名作清水混凝土墙,在决定一室水泥之前先来实验一些家具单件如几如桌的,本来胆色过人还打算自己动手"混"和"凝",但三思而后不行,还是交给装修师傅根据图样尺寸发挥专业所长。

18、19 自行设计、以清水混凝土制作的小几小桌,是来访好友最有冲动搬走的厉害家具

看来简单不过的一个中空的水泥立方,还有配上轮子可以自由移动的水泥桌面,手工造价还可以,但结果要费尽九牛二虎之力才把这"硬件"搬到五层楼高的屋里来,有重量有分量,DIY,其实从来不易。

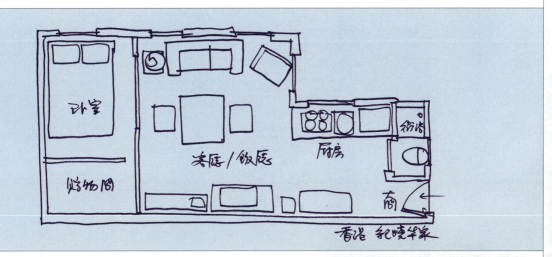

花鸟虫鱼

有了天台一方领地,一众友人虎视眈眈把这里变成烧烤场,好客的 Walter 当然来者不拒,大小宴会一场接一场,可以烧可以烤可以吃的都一一饱餐过了,连场入住"大火"之后,收拾心情,主人其实最想经营的是渔农事业。

中看的花、中吃的香草,一手栽培,对于 Walter 并非难事。有天发觉天台一角多了个水池,养起了金鱼,是重拾童趣还是准备退休?至于那偶然由后山飞来栖息枝头的鸟,还有那实在有点讨厌的各式昆虫……人与自然磨合磨合,还得需要点时间。

20 天台一片绿,本已是植物园,竟然还有闲情另辟水族馆

恋恋山居

走进山里去,不一样的风景,不一样的空气,打从学生时代就爱上阳明山的王晶文,习惯了山里的呼吸节奏,早已养成不慌不忙的一种生活态度——

沿山路而下，旧房子其实别有洞天

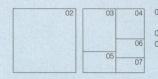

02 素净的墙、厚实深沉的木地板和家具,定了室内主体格调
03 小小的房子,日常实用细节紧贴,宁静而温暖
04 气定神闲,沏一壶清茶待友,山居生活的真意义
05 最叫人珍惜的又岂止是瞬间风景
06 半落地大窗旁的舒服躺椅是生活焦点
07 餐桌邻近开放式厨房,冬季的木柴也一并贮藏在此

风尘往事

天是如此的蓝,云在急速地跑,从城里远眺阳明山,竟然郁郁葱葱,清楚得可以。"太像一个台风天了",身旁的人自言自语,不知为何,美的背后总有隐隐的变卦。

管它,仗着屋主人借来的通行证,假日的早上我们一路驱车往山里去。兜兜转转,一路还是明亮愉快的,好风景好心情,就是这么简单。

这么一路走来,就看自己如何选择,可以是方便的拥挤的都市角落,尽情享受人工安排的一切,也可以是远离尘嚣的自然山水,争取与所谓现实生活保持一定距离。能够有选择,始终反映了一个人和社会的修养和素质。

说到王晶文,很多人当然还会记得侯孝贤导演早期的电影名作《恋恋风尘》中的小男生,时间一晃而过,晶文如今已经是媒体里的主管要员,

加上长时间跑的是专业体育新闻,公众形象的淡入淡出、更新替换是一件奇妙而有趣的事。

晶文客厅墙上装裱好的当年《恋恋风尘》的海报已经泛黄变潮,但这不更令这四个蛮有意思的大字添了岁月的魅力吗?

也许是来客多心,但日常生活其中的主人,早已把回顾前瞻处之泰然,一张海报也就只是一张海报而已。

美景良辰

下了车走完一段山野梯级小路,面前是一组靠山而建的水泥平房。甫一进门,忍不住一声惊叹,整个台北盆地完整无缺地在眼前展开。淡水河与基隆河的交汇处清晰可见,大屯山在一旁,七星山在背后,山明水秀的一个最佳演绎,加上山里习习凉风,马上进入闲逸的家居状态。

房子小小的,一端是开放式的厨

08	09		13	14
				15
10	11	12	16	17	18

08 曾几何时也是骑车高手
09 虽然是大白天造访,不妨也想象有机会午夜围炉煮茶、促膝谈心的情境
10 旋转楼梯通往地下一层
11 野生的兰花需要格外细心的照顾
12 比电影更精彩的宽银幕四时景色,叫人留恋
13 小小和式工作间,有一种简朴的雅致
14 自由悠然,对生活器物还是有一种执着
15 飘到墙上的灯,自有其特殊意义
16 情有独钟是和风情调
17 枕边夜读,快活不知时日
18 忠心狗狗跟客人说再见

房和餐桌,一端是宽阔大窗,旁靠一把躺椅,沙发和矮桌在其中,都是没有刻意讲究的木头材料,朴拙舒服。窗旁有新开的通道通往才盖建的木头平台,露天喝茶的绝好地方。客厅中有一旋转楼梯通往地下一层,是和式的书房和卧室的所在。拾级而下,首先看到的是有点年纪的古老壁炉,冬季零下气温时依然可发挥作用。靠墙而立的典雅精致的老家具,未必是价值连城的古董,却营造出对过去美好日子的回忆氛围。

这是幢超过二三十年楼龄的旧房子,一眨眼晶文也在这儿住了十二三年。从前大抵都是美军顾问团的家居,时移世易不晓得风景有没有太大改变?打从大学时代开始,住的是半山腰的农舍小房间,后来迁到分租的美军眷村平房,又甚至在现在的房子也尝试过上下左右房间的迁移——就是恋恋离不开阳明山,山居生活的节奏已经成为他做人行事的步调。

每日还是要绝早回到城中上班,

四十五分钟的车程已经习惯了。虽然间或会在城内母亲家里留宿,但晶文总觉得回到山里可以得到高质量的休息,五六个小时的睡眠远胜在城市的更长时间的休息,单就此生活细节就足够一再肯定山居生活的重要。

喝罢普洱,再来喝的是碧螺春。假日早上良辰美景,其实大家都没有打算滔滔雄辩什么时人大事,只是让树影洒落一身,让风轻拂,让远方的云一直在跑动,让山下的台北如常运作。感激的是晶文有这样的含蓄细致的坚持,好让自家享有这一方乐土,也让友侪能够偶尔分享到山居生活的乐趣,暂且放下种种叫人紧张心烦的杂务。完全投入,哪怕只是一瞬光景。

凭栏远眺，台北城中热闹不沾身

山中冷暖

听说这里曾经下雪,薄薄的一层把眼前景物换了一个模样,而每年冬季,零度左右的气温更是常见的。所以地下室的壁炉并非只是无聊的装饰。冬季的晚上,把早有准备的木柴放进炉中,噼噼啪啪又是一个老时代的夜景。

换了风凉水冷的夏夜,楼上玻璃窗台边的躺椅,是读书的最好位置,然而我大抵会就此沉沉睡去,梦中又是另一种风景。

20 不再多见的壁炉述说又一段历史

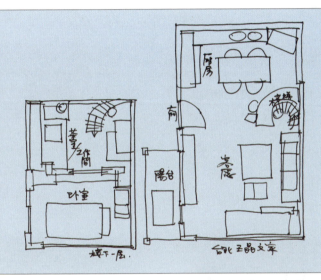

迟来的花园

站在喝茶聊天的木头平台上,远远看到山边有一小方整修过的土地,放了一组雕花的白色露天桌椅,这就是传说中的小花园吧?有人打趣问道。在这里,缓慢是一种美德,晶文早已身体力行,想想这想想那,可能只需时三天就完工的花园弄了三年。其实只要自己喜欢,又有何不可?

21、22　临水野花烂漫
23　依然叫人有期待的小花园

宏观细看

已近午夜,北京城外往北上宛乡郊,大伙儿谈天说地,吃饱,喝醉——天啊,我竟然一杯又一杯地喝了这么多的二锅头。面前是认识不久的北京画家朋友、媒体朋友,在这个平凡却又奇特的时空环境中,大家都无禁忌无隔膜地把自家的生活回忆和创作经历抖了出来。是喝多了吗?是醉了吗?生活本该有这样的相互分享。今夕何夕?"来,再到我家坐坐,"大伙儿当中兴致最高的李天元对站起来脚步也开始不稳的我说,"走,我们走。"

三幅长卷是李天元结合卫星科技的行为作品，当中包括从高空观照自身与卫星图像、个人近距离肖像，以及一滴眼泪的显微放大，是又一次寻找自我定位的尝试

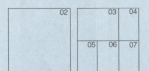

02 挑高七八米的一个开放空间,向南采光,将天色光影一一引进室内
03 一幢叫都市人又羡又妒的真正的房子
04 稳实沉着,创作态度、家居主张娓娓道来
05 工作室一隅设有壁炉,寒冬里发挥功能的同时又营造气氛
06 进门一侧拾级而上是起居生活空间
07 窗前小餐桌,把日常起居饮食都跟自然景物连成一体

淋漓痛快

刚在当天早上才到访过的这个偌大的空间,是画家李天元在上宛的画室和居家。种满柿子树的院子尽头是这幢像盒子一样的砖墙水泥建筑,正面的落地玻璃大窗,叫这里日夜都透明磊落,阳光一地,星空入室。一群人摸着黑从冰凉的野外进入温暖的屋里,李天元竟然没有开灯,却跑到房子的另一端,忽地把节奏强猛的电子音乐打开,像极黑夜里横空爆发的花火,叫大家一身一脸都是奇异的光。众人乐了,一声接一声地狂野号叫,让身体的能量在舞乐节拍中得到释放,这样一直跳呀跳的直至真的累了、真的要回家了,尽兴的人们都像突然更完整地认识了对方。画家当然可以奔放劲舞,白天的画室当然也可以是晚上的热烈舞池。在日常种种既定的位置和身份中我们重新争取自由和弹性,要懂得跟自己说,为什么不?

从李天元手中接过的是他早于一九九三年四月在中国美术馆一次油画个展的场刊,面前室内挂着的几卷长幅却是他在二〇〇二年的一次结合卫星科技的行为作品,还有作为他近年创作主题之一的新生儿子的各种肖像……无论是十多年前那些痛快淋漓

地把传统文化符号与革命斗争意象和社会消费生活做波普拼贴的作品,还是近年绘画的那些细致温柔的人情物事,一下子都在我面前展现,贪婪如我也是有点应接不暇的。但也正正是因为在这宽敞开阔得使人震撼的空间里,一切就有了根据,或者我们可以这样理解:一个对自己有信心有要求的艺术家,是应该争取这样一个创作和生活的空间的,而这个理想的实现,也就有如一件作品的完成。由此出发,有更高更远的未知——一滴眼泪的无限放大,一回从太空看地球看自己的经验,艺术的真正意义,就是开发生活的无尽可能,管这是绘画、是雕塑、是摇滚、是电子音乐、是简约现代设计,还是洛可可、巴洛克浮夸建筑,是对正面好人好事的歌颂,还是对阴暗面的痛苦揭露和鞭笞,原汁原味原创最重要。就如一个家,如实地反映居住者的所思所想,起居日常状态。

出生于黑龙江哈尔滨的李天元,属于少年"得志"一派,早就清楚自己要走上艺术创作的不归路。十五岁考进中央工艺美术学院附中,只身跑来北京接受正规严格的美术训练,一九八四年进入中央工艺美术学院壁画系,一直成绩优异,毕业后执教于中央工艺美术学院。一路走来,从表

08 在冬日的阳光里,温暖地喝一碗好茶
09 不同阶段有不同的表现手法与创作题材,油画媒介始终是李天元的至爱
10 工作案头,积累运转创作生活的种种
11 卧室外的小空间,开一面大窗往下望见工作室,另一侧推门通往阳台
12 二楼卧房外还有手扶楼梯通往屋顶天台
13 走进大院,门后先有一面山墙,刷了白,为接下来的室内景物先来预告
14 乡郊野外,必需的看门好伙伴
15 相对于大得震撼的工作间,卧室就是最微型的功能空间
16 打开家的门和窗谈天说地,细致交流,好好了解认识
17、18 走进李天元的家,明白什么叫创作的震撼力

现技术形式手法到题材内容意念,挑战的不是前辈、同辈,而是自己。一直在聚光灯下备受瞩目以真才实学获得肯定,李天元选择的是如何从这些"成就"的压力下和条规中解构解放,以更活泼更新鲜的方法去表现这个剧变的社会周遭。在他花尽心思与时间能量去投入他的创作的同时,也以他的工作室和居家建筑设计,表现出一种生活的气度。

磊落透明

在北京冬日灿烂得放肆的阳光下,在明亮的室内望向院子内早已结果落叶,余下铁黑枝干伸向蓝天的柿子树,我忽然感觉到室内外温度的差异。屋里实在暖和,是因为李天元和负责盖建这幢房子的建筑师朋友反复商量,在房子下先挖好通走全屋的二米宽、一米四高的地热地道。在入冬前的十一月,用大卡车运来满满一车的锯木余下的粉末,铺满地道并让它

慢慢燃烧,如此这般,整个冬天每日二十四小时就可以有一个恒常的室温——相对于那些满屋充斥豪华家具装潢的居家,李天元这个结构性的选择是一个"看不见"的决定,但这也完全说明和体现了他的踏实生活要求和环保意识。李天元笑说这个落地玻璃朝南采光的方盒子厚薄精准,可以抵抗八级地震,室内一概刷白,让视觉更简洁明快。日常功能性的厨房、卧房以至楼梯全部安排在进门一侧的一楼和二楼,让工作室的空间更完整统一。

我坐在工作室一角的单椅中,仔细听李天元缓缓地述说他这些年来的创作经验,他的家庭生活,他的居家主张,在这么清晰的视野和精辟的实践面前,从宏观到微观,叫我感动得无话可说,阳光树影悄悄地刻印一身一心。

作为一间画室,采光的要求是首要考虑

暴烈与温柔

我们都是这样走过来的——

有对传统的猛醒怀疑,有对现实的厌弃失望,彻底地开革命的玩笑,把游戏视为奋斗目标方向……年轻火气猛,李天元当年当然是标准的热血分子。然而随着时光流逝,经验积累,昔日的种种冲动转移变异,成了更深刻更沉着的对大事的一种观照反省,特别是儿子李以诺出生之后,作为爸爸的他自然有更不一样的承担和责任。不过肯定的是,李天元没有退下来,反而进一步把宝贝儿子也"拉扯"到创作中去。这不仅只是为儿子画个肖像这么轻而易举的事,可以想象许许多多年之后,当儿子长大成人与父亲分享这一个时期的双方的回忆,那种承传关爱,那种只出现在父子之间的细致温柔,将是无法言喻的美丽。

20 儿子的生活玩耍片段,有父亲的深情演绎
21 一脸天真无邪,花花大世界有更多未知未来
22 目睹孩子成长的不同阶段,知子莫若父,百般感受涌上心头

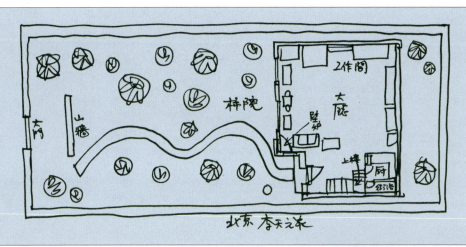

院子与柿子

当我们不知是自愿还是被迫地在繁忙的城市里谋生,很难想象能够像李天元一样可以在郊外有那么一个院子,更难想象的是这个院子里竟然满满地长有上了年纪的柿树。有柿树,当然就有柿子。

如果不是亲自在树上,把熟透了的而且自然冰冻得比哈根达斯还要美味的柿子摘下来,剥开皮一口咬下去,我几乎忽略了这又便宜又好吃的地道天然美味。当然柿子一树是怎么吃也吃不完的(吃多了当然也会坏肚子),只好坐在室内有点奢侈而可惜地看着柿子熟透坠地。又或者,可以跑到院子里在树下写生。你可记得牛顿与苹果的故事?

23 柿子太多吃不完,下回早点通知你
24 柿林、小路、家,面前景象真实得有如梦幻

花草自在

电话那一端她在说，要不要中午过来吃一顿便饭。

在这个其实太像移民外地的地处香港离岛的社区，一不小心住了超过十二年的我，真惭愧，其实极少和同村村民来往。我会跟不相识的人微笑点头，偶尔谈及今天天气，哈哈哈，但很少再进一步闯入各自的海阔天空。其实我知道，左邻右里，应该有好些像蔡珠儿一样精彩的人：有厉害过人的厨艺，跟花草痴缠出学问，对文字、对写作的敏感认真……

向海阳台，不仅是采集自山野的花花草草的理想居停，竟也是珠儿深宵凭栏观鱼的好地方

　　两个人，初见面，在明亮的厨房里饭桌前，在前菜三小碟主菜两盘而且有靓汤靓饭的情况下，天南地北，无所不谈——关于阳台外食用香草的栽种；关于香港传统菜市场的我的儿时记忆，与她的"田野"经验；关于她在伦敦生活时代的后花园苹果树；关于我们共同认识的台北文艺圈朋友间的小八卦；关于她近年在香港定居后，如何通过在菜市场杀价而练就的一口已经不错的广东话……我是打从心里羡慕身边这位游走各地、资历丰富而又决定要做一个专业家庭主妇的朋友，能够劳逸协调得很好的生活着的"煮妇"生活，何尝不是我们做人的终极理想和成就。更难得的是，珠儿优雅地让她的读者苦等，从一九九五年开始，等呀等的才从《花丛腹语》等到《南方降雪》，再等到《云吞城市》。珠儿以身作则地告诉她的忠实读者包括我，作家不是一台生产文章的机器，好的作者需要好好地、慢慢地生活。

花草学问

　　一头扎进珠儿家的厨房，在整洁的流理台前可以流连的话题其实是够谈他十日十夜，馋嘴贪食的我在美味午饭之后还在人家客厅、书房、阳台丛丛花草间走来走去，感受一下笑谑自己有"绿色症"的珠儿的所恋所好的自然氛围；从生长得茂盛的常绿盆栽到以植物形态做成各种实用生活器

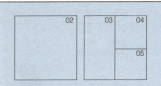

02 一室明亮清爽,绿意里外呼应
03 可以想象,用餐区"客满"时的一番激烈精彩的交谈
04 不要小觑一个"家庭主妇"的惊人观察力和创作力
05 不赶时髦,不走花哨,家具选择大方沉实

物的手工创作,尽眼望去,处处盎然生动,叫人不必再煞有介事地谈什么装潢呀摆设的风格和规矩,一个自然的生活主题明确不过,如此钟情又如此活泼,人心开朗,感觉良好。

痴缠花草,源自珠儿童年在台湾花莲县木瓜溪上游一处叫龙溪的地方的一段童年生活经验。在珠儿的笔下,龙溪"背山夹谷,遥居世外,每天上午永远是晴美的,鲜净明艳的阳光,静静舔吻高山浑厚的绿背……",然而中午之后浓稠如白浆的山岚雾气,入夜后山气沍寒,叫这里的野生花木都肥硕、丰美、生动——浓艳的大理花、玉粉色和玫瑰紫的杜鹃、霞紫色的高山凤仙花、花柱清瘦纤弱的秋海棠、叶芽蜷曲的俗称山猫的过沟菜蕨……各种色相气味,在眼前开展、在身边围绕,丰富地滋养着一个女孩对未来世界的敏感好奇,奠定她日后长期对本地自然生态的细心关注,也日渐延伸到对都市物质社会文化的观察批评。一路走来,在故乡异乡的日常经验转化成生活智慧,进而自创版图做成学问——即使是自来花、自来草,也有其引人入胜的学问。

管他知性感性是否能够冷静平衡,我们在珠儿的引领下走进那大千花草世界,在眼花缭乱之前遇上了众香园中的水姜花、茉莉、玉兰,又邂逅甘心做低等植物的蕨类,至于蔓性爬行到跟前的牵牛花、使君子、爬墙

虎,实在拿它们没法。那漫山遍野花色丰富的杜鹃,那可以吃的金针、韭菜花、菊花、玫瑰,那一样放肆的炮仗花、圣诞树、木棉……及至进一步潜入各地文化深层,探源溯流追踪芫荽、丁香、甜菜、荔枝的前世今生,更把张爱玲姑奶奶的文本中作为背景的花木一一近距离聚焦,"花木明艳对比反讽人事残败",看得人惊心动魄。再来是把香港区花洋紫荆和与香港之名有渊源的土沉香(香木)移到台前,一番勾勒叙说,叫我们这些香港土生土长之人都忍不住长叹三声。

离岛观察

珠儿当年在台北念的不是植物学而是中文,在台湾媒体行业工作多年后到了英国伯明翰大学念文化研究硕士,婚后从伦敦移居中国香港。一个有一千个理由叫她非常不喜欢的香港:"因为香港地狭人挤,因为夏日湿滞苦热,因为高楼令人晕眩,因为香港人粗鲁无礼,因为广东话聒噪,因为我不识听不识讲不识读,看起中文报像文盲。"但在香港转眼的七年当中,她开始安家落户、怡然自得,开始听懂学懂广东话,开始欣赏像《楚辞》般饱含丰恣生命力的港式俚谚。她比

06 传统家饰始终是中国人家里的一个安心
07 只要喜欢，自顾自灿烂又如何
08 阳台外静观细看，随时可以来上一节植物学初阶
09、10 室内处处，都有细心料理的绿植
11 家里另一个创意发源地。何时来吃深宵下厨做的洋葱红煨小排？
12 作家书房巡礼，心急的读者还是要让作者慢条斯理，心阔意畅才行
13 专注关心香港的大事小事，珠儿的热情比一般香港人还要高
14 笔下自然名物如丁香、荔枝、游水海鲜，又有人间美食如广东老火靓汤和香辣泰菜。翻开珠儿的作品，不止色香味
15 简洁清爽的卧房，一床细致花叶纹样
16 推窗迎来一片海蓝

一般香港人更熟悉香港各处的远足山径，知晓岛上各种花草树木以及蝴蝶、鸟雀。而最叫我这个香港人惊讶感动的、同时也让珠儿动了真感情的，是她这七年来与香港人共同经历了苦难厄运：金融风暴中楼市和股市崩盘、失业、破产、负资产，自杀消息无日无之，加上禽流感和SARS……一一都看在这本来是过客的眼里。

珠儿在期盼"多饮几盅菊普，多吃几碗云吞，多爬几趟凤凰山"的同时，选择留下与香港人同甘共苦，也以她细致深入的观察，一直进行她对香港、对南方风土名物的记述，发表在台湾报刊。面前的《云吞城市》一书，就是她这些年来关于香港的一些文字素描结集。

很明白珠儿为什么挑选居于离岛，跟香港、九龙、新界市区保持一定距离之地——就是有了这些距离，才可以看得更透彻、更立体。希望珠儿不会有天变成一个完全地道的香港人（那会太忙太急太累）；又或者说，一个真正的香港人应该像珠儿一样，能够有多种文化观点与多个角度的省思，能够在这个被称为作家的福地的地方真正地活着，并快乐着。

有如瀑布的洋蕨根本是自然的赏赐

与猫同行

花花草草以外，原来还有猫。

有一只在伦敦收养的年满九岁的猫，一转身不知躲到了哪里。不要紧，家里处处有猫踪，在杯子外围，成铁线玩意儿，做零钱盛器，还有古典黑猫海报高高挂——

男男女女，都分别有男孩女孩在身体里头：童真难得，痴痴地等一朵花在夜里绽开，迷迷地拥一只猫在怀中安睡。又不是那么的老，从前才会做的为什么不可以现在继续、将来依然？

与花草同在，与猫同行，其实也就是自在的真相。

18、19　爱花爱草还爱猫，痴情不寂寞

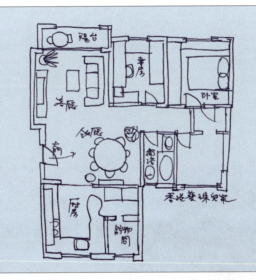

自然回归

二十世纪初新艺术运动（Art Nouveau）时代，花草藤蔓成了艺术家和手工艺匠的灵感来源和沟通语言，一时间处处缠绵延展，最著名的莫如巴黎市区主要地铁站出口，经典沿用至今。

花草的自然韧劲换成了铜铸铁打，竟还可以。花开有如灯亮，就更真的叫人眼前一亮。其实细细梳理，我们身边的设计物，灵感取材于自然生态的数不胜数：花朵一般的沙发，草丛一般的地毯，竹节与木纹的壁纸，石头状的单椅……大小器物相辅相成，回归自然。

20、21　自然界花开花谢，换了人为的开灯关灯，又是另一番意象

后记

《回家真好》之二的出现，距离之一整整两年，当中做了点别的东西，但一直还是兴致勃勃地不断敲人家的门，进去看看究竟。

也就是说，延伸发展，会有之三之四，希望本来乖乖作为读者的你，也愿意开门、见山，在这个以为熟悉其实也陌生的自己的家里一同寻宝。

再次感谢一路在身旁的摄影师小包，工作生活伙伴 M 和 H，一家人吵闹说笑，就是一家人。谨将此书献给年来先后忽然离家的两位朋友，在水一方在山一隅，遥遥惦挂，愿一切安好。

应霁
二〇〇四年十一月

Home is where the heart is.

01 设计私生活
定价：49.00 元
上天下地万国博览，人时地物花花世界，
书写与设计师及其设计的惊喜邂逅和轰烈爱恨。

02 回家真好
定价：49.00 元
登堂入室走访海峡两岸暨香港的一流创作人，
披露家居旖旎风光，畅谈各自心路历程。

03 两个人住
　　 一切从家徒四壁开始
定价：64.00 元
解读家居物质元素的精神内涵，
崇尚杰出设计大师的简约风格。

04 半饱
　　 生活高潮之所在
定价：59.00 元
四海浪游回归厨房，色相诱人美味 DIY，
节欲因为贪心，半饱又何尝不是一种人生态度？

05 放大意大利
　　 设计私生活之二
定价：59.00 元
意大利的声色光影与形体味道，
一切从意大利开始，一切到意大利结束。

06 寻常放荡
　　 我的回忆在旅行
定价：49.00 元
独特的旅行发现与另类的影像记忆，
旅行原是一种回忆，或者回忆正在旅行。

Home 系列（修订版）1-12 ● 欧阳应霁 著
生活·讀書·新知 三联书店刊行

07　梦·想家
回家真好之二
定价：49.00 元
采录海峡两岸暨香港十八位创作人的家居风景，
展示华人的精彩生活与艺术世界。

10　香港味道 2
街头巷尾民间滋味
定价：64.00 元
升斗小民的日常滋味与历史积淀，
香港美食攻略地图。

08　天生是饭人
定价：64.00 元
在自己家里烧菜，到或远或近不同朋友家做饭，
甚至找片郊野找个公园席地野餐，
都是自然不过的乐事。

11　快煮慢食
十八分钟味觉小宇宙
定价：49.00 元
开心入厨攻略，七色八彩无国界放肆料理，
十八分钟味觉通识小宇宙，好滋味说明一切。

09　香港味道 1
酒楼茶室精华极品
定价：64.00 元
饮食人生的声色繁华与文化记忆，
香港美食攻略地图。

12　天真本色
十八分钟入厨通识实践
定价：49.00 元
十八分钟就搞定的菜，以色以香以味诱人，
吸引大家走进厨房，发挥你我本就潜在的天真本色。